KB141555

어린 왕자

더디 세계문학 006

어린 왕자

앙투안 드 생텍쥐페리 | 임영신 옮김

더디

차례

레옹 베르트에게

이 책을 어떤 어른에게 바치는 것을 어린이들이 용서해주기 바란다. 나에게는 그럴 만한 이유가 있다. 그건 그 어른이 세상에 둘도 없는 가장 친한 친구이기 때문이다. 또 다른 이유도 있다. 그 어른은 무엇이든 이해할 수 있는 사람이라 아이들을 위한 책도 이해할 수 있을 것이기 때문이다. 세 번째 이유는 그 어른이 프랑스에서 춥고 배고프게 지내고 있기 때문이다. 그 친구에게는 위로가 몹시 필요하다. 지금까지 말한 이유로도 충분치 않다면, 옛날에 지나온 어린 시절의 그에게 이 책을 바치고 싶다. 어른들도 한때는 모두 어린이였다. (물론 그것을 기억하는 어른은 별로 없다.) 그래서 나는 헌사를 이렇게 고쳐 쓴다.

어린 시절의 레옹 베르트에게

1장

나는 여섯 살 때 원시림을 다룬 『체험담』이라는 책에서 멋진 그림을 본적이 있다. 그것은 맹수를 삼킨 보아뱀의 모습이었다. 이 그림은 그걸 따라 그린 것이다.

그 책에는 이렇게 쓰여 있었다. '보아뱀은 먹이를 씹지 않고 통째로 삼킨다. 더 이상 꼼짝할 수 없게 된 보아뱀은 여섯 달 동안 소화를 시키며 잠을 잔다.'

그래서 나는 정글에서의 모험에 대해 깊이 생각하게 되었고, 내 나름대로 색연필을 가지고 첫 번째 그림을 그리게 되었다. 내 그림 1호. 그것은 이랬다.

나는 내 작품을 어른들에게 보여주고, 그림이 무섭게 느껴지는지 물었다.

어른들은 대답했다. "모자가 왜 무서워?"

내 그림은 모자를 그린 게 아니었다. 코끼리를 소화시키는 보아뱀을 그린 것이었다. 그래서 나는 어른들이 이해할 수 있도록 보아뱀의 속을 그렸다. 어른들은 늘 설명이 필요하다. 내 그림 2호는 이랬다.

그러자 어른들은 속이 보이거나 보이지 않는 보아뱀은 그만두고, 지리, 역사, 수학, 문법 같은 것에나 관심을 두라고 충고해주었다. 그렇게 해서 나는 여섯 살 때 화가라는 멋진 직업을 포기했다. 내 그림 1호와 2호가 실패하면서 크게 실망했기 때문이다. 어른들은 도무지 혼자서는 아무것도 이해하지 못한다. 그런 어른들에게 몇 번이고 설명하는 것은 어린이들에게 귀찮은 일이다.

다른 직업을 선택해야 했던 나는 비행기 조종을 배웠다. 나는 거의 전 세계를 비행했다. 이때 지리는 정말 큰 도움이 되었다. 덕분에 중국과 아리조나를 한눈에 구분할 수 있었다. 또 밤에 길을 잃었을 때도 지리는 아주 쓸모가 있다.

이렇게 살아오는 동안 나는 진지한 사람들을 수없이 만났다. 어른들 사이에서 많은 경험을 한 것이다. 나는 아주 가까이에서 그들을 지켜보았지만, 그렇다고 내 생각이 크게 나아지지는 않았다.

그러다 좀 똑똑해 보이는 사람을 만나면 늘 가지고 다니던 내 그림 1호로 시험해보았다. 그 사람이 제대로 이해하는지 알고 싶었던 것이다. 하지만 내게 돌아오는 대답은 늘 이랬다. “모자구나.” 그러면 나는 그 사람에게 보아뱀이나 원시림, 별 이야기는 꺼내지 않았다. 그냥 그에게 맞추어서, 브리지 게임이나 골프, 정치나 넥타이 같은 것에 대해 이야기했다. 그러면 그 어른은 나같이 말이 통하는 사람을 알게 된 것에 만족해했다.

2장

나는 그렇게 제대로 얘기 나눌 사람 하나 없이 혼자 지내다가, 육 년 전 어느 날 사하라 사막에서 비행기 사고를 만났다. 엔진의 어딘가가 망가진 것이다. 하지만 정비사도 승객도 없이 혼자였으므로 나는 그 힘든 수리를 직접 해보기로 마음먹었다. 나에게는 죽느냐 사느냐의 문제였다. 가진 거라고는 여드레 정도 마실 물뿐이었다.

첫날 밤, 나는 사람이 사는 곳에서 수천 마일 떨어진 사막에서 잠이 들었다. 드넓은 바다 한가운데서 뗏목을 타고 표류하는 사람보다 더 고립된 느낌이었다. 그러니 해가 뜰 무렵, 나지막이 들리는 낯선 목소리에 잠이 깼을 때 내가 얼마나 놀랐을지 상상할 수 있을 것이다. 그 목소리는 이렇게 말했다.

"저기…… 양 한 마리만 그려줘!"

"응?"

"양 한 마리만 그려줘……."

나는 마치 벼락이라도 맞은 것처럼 벌떡 일어났다. 눈을 세게 비비고는 주위를 살폈다. 그러자 아주 이상한 꼬마아이가 나를 심각하게 바라보고 있는 게 보였다. 이 그림은 내가 나중에 그의 모습을 그린 그림 중에 제일 잘 그린 것이다.

물론 실물보다는 훨씬 매력이 떨어지지만 말이다. 하지만 그건 내 잘못이 아니다. 나는 어른들 때문에 여섯 살 때 화가가 되려던 꿈을 접은 뒤로, 뱃속이 보이거나 보이지 않는 보아뱀 말고는 그리는 법을 배워본 적이 없다.

나는 갑자기 나타난 아이를 놀라 휘둥그레진 눈으로 바라보았다. 여러분은 내가 사람 사는 동네에서 아주 멀리 떨어져 있다는 사실을 잊어서는 안 된다. 그런데도 이 꼬마는 길을 잃은 것 같지도 않았고, 지쳤거나 배고프거나 겁에 질린 것 같지도 않았다. 사람이 사는 동네에서 아주 멀리 떨어진 사막 한가운데서 길을 잃은 것 같은 모습은 찾아볼 수 없었다. 나는 겨우 말문을 열고 꼬마에게 물었다.

"그런데…… 너 여기서 뭘 하는 거니?"

그러자 그는 아주 중요한 일인 것처럼 다시 천천히 말했다.

"부탁해요……. 양 한 마리만 그려줘!"

갑자기 너무 신기한 일이 벌어지면, 누구든 거스를 엄두가 나지 않는다. 사람이 사는 동네에서 아주 멀리 떨어진 곳에서 죽을지도 모를 상황에 말도 안 되는 일 같았지만, 나는 주머니에서 종이 한 장과 만년필을 꺼냈다. 그런데 그때, 내가 배운 거라고는 지리, 역사, 수학, 문법 같은 것뿐이라는 게 떠올랐다. 그래서 나는 (조금 속상한 마음으로) 그림을 그릴 줄 모른다고 말했다. 그러자 아이는 이렇게 답했다.

"괜찮아. 양 한 마리만 그려줘."

하지만 양을 한 번도 그려본 적이 없던 나는 그릴 줄 아는 두 가지 그림 중의 하나를 꼬마에게 그려주었다. 바로 속이 보이지 않는 보아뱀이었다. 그런데 아이의 대답에 나는 깜짝 놀라고 말았다.

"아니! 아니야! 보아뱀 속의 코끼리 말고. 보아뱀은 아주 위험해. 코끼리는 너무 커서 거추장스럽고. 내가 사는 데는 아주 작거든. 난 양이 필요해. 양 한 마리만 그려줘."

그래서 나는 이렇게 그렸다.

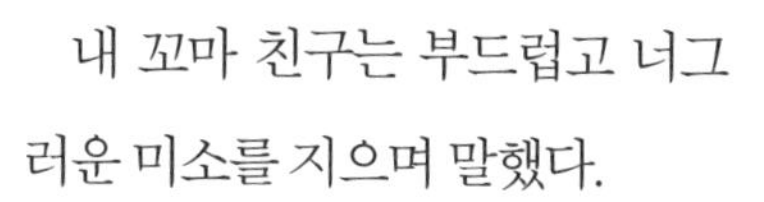

그는 가만히 들여다보더니 말했다.

"아냐! 이 양은 벌써 많이 아프잖아. 다른 양으로 그려줘."

나는 다시 그렸다.

내 꼬마 친구는 부드럽고 너그러운 미소를 지으며 말했다.

"아이참…… 이게 아냐. 이건 숫양이야. 여기 뿔이 있잖아."

그래서 나는 또다시 그렸다.

하지만 이번에도 앞의 그림들처럼 퇴짜를 맞았다.

"이건 너무 늙었어. 난 오래 살 양이 필요해."

서둘러 엔진을 분해하고 싶

었던 나는 더 참지 못하고, 이렇게 대충 그려주었다.

그리고 한마디를 던졌다.

"이건 상자야. 네가 원하는 양은 그 속에 있어."

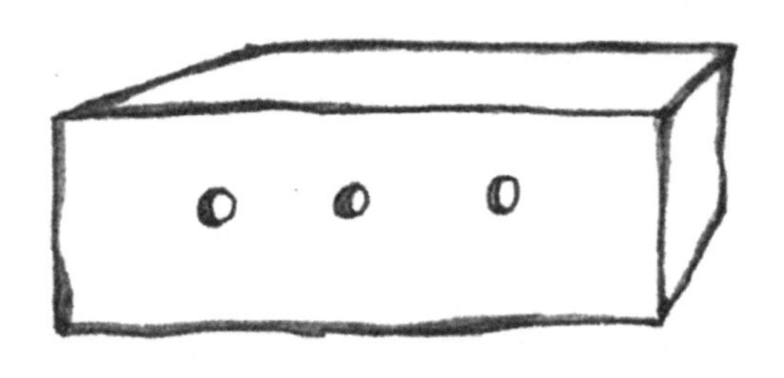

그러자 꼬마 심사위원의 얼굴이 환하게 밝아지는 것을 보고 나는 몹시 놀랐다.

"이게 바로 내가 원하던 양이야! 그런데 이 양은 풀을 많이 먹을까?"

"그건 왜?"

"내가 사는 곳은 아주 작거든……."

"충분할 거야. 너한테 준 건 아주 작은 양이니까."

꼬마는 고개를 숙여 그림을 들여다보았다.

"별로 작지도 않은데……. 와! 양이 잠들었어……."

나는 이렇게 어린 왕자를 알게 되었다.

3장

그가 어디서 왔는지 알아내는 데는 오랜 시간이 걸렸다. 어린 왕자는 내게 많은 질문을 던졌지만 내가 하는 질문은 듣지 않는 것 같았다. 그래서 어린 왕자가 무심코 던진 말들을 통해 조금씩 모든 사실을 알게 되었다. 예를 들면, 어린 왕자가 처음 내 비행기를 보았을 때(내 비행기는 그리지 않겠다. 그건 내가 그리기에 너무 복잡하다), 그는 나에게 이렇게 물었다.

"저기 저 물건은 뭐야?"

"저건 그냥 물건이 아니야. 하늘을 날거든. 비행기라고 해. 내 비행기지."

내가 하늘을 날 수 있다는 것을 말해주면서 나는 몹시 뿌듯한 기분이 들었다. 그러자 어린 왕자가 소리쳤다.

"뭐! 그럼 하늘에서 떨어진 거야?"

"응." 나는 겸손하게 대답했다.

"아! 그거 재미있는데……."

어린 왕자가 아주 재미난 듯 웃음을 터뜨렸는데, 그것이 나를 몹시 화나게 했다. 나는 사람들이 내 불행을 진지하게 여겨주기를 바라기 때문이다. 그러더니 어린 왕자가 말을 이었다.

"그럼 아저씨도 하늘에서 온 거네! 어느 별에서 왔어?"

그 순간 그의 존재에 대한 수수께끼를 푸는 데 한 줄기 빛이 비치는 것 같았다. 그래서 얼른 물어보았다.

"그럼 넌 다른 별에서 왔니?"

하지만 어린 왕자는 대답하지 않았다. 그는 내 비행기를 뚫어지게 쳐다보며 천천히 고개를 끄덕였다.

"저걸 탔다면 그리 먼 데서 온 건 아니구나……."

그리고 어린 왕자는 오랫동안 생각에 잠겼다. 그러다가 주머니에서 내가 그려준 양을 꺼내들고는 마치 소중한 보물인 양 한참을 들여다보았다.

'다른 별'이라는 그 알 듯 모를 듯한 말이 내 마음에 얼마나 걸렸는지 상상할 수 있을 것이다. 그래서 나는 좀 더 알아내려고 애를 썼다.

"꼬마 친구, 넌 어디서 왔니? 너희 '집'은 어디야? 내가 그려준 양을 어디로 데려가고 싶어?"

어린 왕자는 잠시 골똘히 생각하더니 대답했다.

"아저씨가 그려준 상자면 됐어. 밤에는 그게 집이 되어줄 테니까."

"그렇지. 그리고 네가 착하게 굴면 낮에 묶어둘 밧줄도 그려줄게. 말뚝도 하나 그리고."

나의 제안에 어린 왕자는 놀란 것 같았다.

"묶는다고? 정말 이상한 생각이네!"

"하지만 묶어두지 않으면 양이 아무데나 갈 수도 있고, 그럼 길을 잃어서……."

그러자 내 꼬마 친구는 또다시 웃음을 터뜨렸다.

"대체 양이 어디로 간다는 거야!"

"어디든. 앞으로 곧장 내달려서……."

그러자 어린 왕자가 진지하게 말했다.

"괜찮아. 내가 사는 곳은 아주 작아!"

그러더니 마음이 약간 서글퍼졌는지 한 마디를 보탰다.

"앞으로 곧장 내달려도, 그렇게 멀리 갈 수 없어……."

4장

이렇게 해서 아주 중요한 두 번째 사실도 알게 되었다. 어린 왕자가 살던 행성은 겨우 집 한 채 크기 정도라는 것이다!

내게는 그리 놀라운 사실이 아니었다. 나는 이미 사람들이 지구, 목성, 화성, 금성 같은 이름을 붙인 큰 행성 말고도 수백 개의 별들이 있고, 그 중에 몇몇은 너무 작아서 망원경으로도 보기 힘들다는 사실을 알고 있었다. 어떤 천문학자가 그런 별 중에 하나를 발견하면, 그는 이름 대신 번호를 매긴다. 예를 들면 '소행성 325' 이렇게 부르는 것이다.

나는 어린 왕자가 떠나온 행성이 소행성 B612라고 믿는데, 거기에는 그럴 만한 이유가 있다. 이 소행성은 1909년에 터키 천문학자에 의해 망원경으로 딱 한 번 발견되었다.

그는 세계천문학회에서 자신이 발견한 사실을 멋지게 증명해 보였다. 하지만 사람들은 그가 입은 옷 때문에 그의 말을 믿지 않았다. 어른들은 그런 식이다.

소행성 B612의 명성을 위해서는 다행스럽게도, 터키의 한 독재자가 국민들에게 사형당하고 싶지 않으면 유럽식으로 옷을 입으라는 명령을 내렸다. 덕분에 그 천문학자는 1920년에 아주 세련된 차림새로 다시 발표를 했다. 그러자 이번에는 모든 사람들이 그의 견해에 동의했다.

내가 여러분에게 소행성 B612에 관해 이렇게 자세히 얘기하고 번호까지 알려준 것은 모두 어른들 때문이다. 어른들은 숫자를 좋아한다. 만일 여러분이 어른들에게 새로 사귄 친구에 대해 이야기한다면 어른들은 중요한 것은 절대 묻지 않을 것이다. 어른들은 절대 이렇게 묻지 않는다. "그 친구 목소리는 어떠니? 어떤 놀이를 좋아해? 그 친구는 나비를 수집하니?" 그 대신 이렇게 묻는다. "그 애는 몇 살이야? 형제는 몇 명이고? 몸무게는 얼마니? 그 아이 아버지는 얼마나 버신대?" 그래야만 그 아이에 대해 안다고 생각한다. "붉은 벽돌로 지어진 예쁜 집을 봤어요. 창가에 제라늄 화분이 놓여 있고 지붕에는 비둘기가 있고요……." 어른들은 이렇게 말해주어도 그 집을 눈앞에 떠올리지 못한다. 그들에게는 이렇게 말해야 한다. "10만 프랑짜리 집을 봤어요." 그제야 어른들은 외칠 것이다. "정말 멋진 집이구나!"

마찬가지로 어른들에게 "어린 왕자가 존재했다는 증거

는 그가 정말 귀엽고 잘 웃었고, 양 한 마리를 갖고 싶어했다는 거예요. 양을 갖고 싶어한다는 건, 그 사람이 존재한다는 증거잖아요"라고 한다면, 어른들은 어깨를 으쓱하고는 여러분을 아이 취급할 것이다! 하지만 "어린 왕자가 온 별은 소행성 B612예요"라고 한다면, 어른들은 그제야 알겠다는 듯이 더 이상 질문으로 괴롭히지 않을 것이다. 어른들은 그런 식이다. 하지만 그들을 원망해서는 안 된다. 아이들은 어른들을 아주 너그럽게 봐주어야 한다.

그러나 인생을 잘 아는 우리에게는 숫자가 그리 중요한 것이 아니다! 사실 나는 이 이야기를 동화처럼 시작하고 싶었다. 이렇게 말이다.

'옛날 옛날에 어린 왕자가 살고 있었어요. 자기보다 조금 더 큰 별에 살던 왕자는 친구를 사귀고 싶었어요…….' 인생을 아는 사람들에게는 이렇게 말하는 것이 훨씬 더 사실적일 것이다.

나는 사람들이 내 책을 가볍게 읽지 않았으면 한다. 이 추억을 이야기하는 것은 내게 무척 슬픈 일이다. 내 친구가 자신의 양을 데리고 떠난 지 벌써 6년이 지났다. 여기에 그 친구에 대한 이야기를 애써 풀어놓으려는 것은, 그를 잊지 않기 위해서다. 친구를 잊는다는 것은 슬픈 일이다. 모든 사람들에게 친구가 있는 것은 아니다. 그리고 나도 숫자밖에 관심이 없는 어른이 될 수도 있다. 내가 아직도 화구상자와 크

레용을 사는 것도 바로 그 때문이다. 여섯 살 때 속이 보이는 보아뱀과 속이 보이지 않는 보아뱀 말고 다른 것은 그려본 적이 없는 내가 이 나이에 그림을 다시 시작하는 것은 어려운 일이다! 물론 나는 가능한 한 비슷하게 초상화를 그리려고 노력할 것이다. 하지만 성공할지 어떨지는 전혀 자신할 수가 없다. 어떤 그림은 괜찮고, 또 어떤 그림은 전혀 닮지 않았다. 키도 조금씩 다르다. 여기서는 어린 왕자가 너무 크고, 또 저기서는 너무 작다. 그의 옷 색깔에도 자신이 없다. 그래서 나는 이렇게 저렇게, 어떻게든 시도를 해본다. 더 중요한 세부 사항에 대해서도 좀 틀릴지 모른다. 하지만 그 점에 대해서는 나를 좀 봐주었으면 한다. 내 친구가 아무 설명도 해주지 않았기 때문이다. 그는 어쩌면 내가 자신과 닮았다고 생각했는지 모른다. 하지만 아쉽게도 나는 상자 속의 양을 들여다볼 줄 모른다. 어쩌면 나도 조금 어른들처럼 변한 건지 모른다. 나도 하는 수 없이 나이가 들었나 보다.

5장

나는 어린 왕자의 별과 그곳을 떠나 시작된 여행에 대해 매일 조금씩 알게 되었다. 그것은 이런저런 생각을 하다가 은연 중 입 밖으로 나오게 된 것이었다. 셋째 날, 바오밥나무의 안타까운 이야기를 알게 된 것도 그런 식이었다.

이번에도 역시 양 덕분이었다. 어린 왕자는 아주 심각한 고민에 빠진 듯이 갑자기 나에게 물었다.

"양들이 작은 나무도 먹는다는 게 정말일까?"

"응, 정말이지."

"아! 잘됐다."

나는 양들이 작은 나무를 먹는다는 게 왜 그렇게 중요한지 그 이유를 알 수 없었다. 그런데 어린 왕자가 말을 이었다.

"그러면 양들이 바오밥나무도 먹겠네?"

나는 어린 왕자에게 바오밥나무는 작은 나무가 아니라 교회당만큼 큰 나무여서, 코끼리 한 떼를 끌고 가도 바오밥나무 한 그루조차 먹어치울 수 없을 거라고 일러주었다.

코끼리 떼 이야기에 어린 왕자가 웃음을 터뜨렸다.

"코끼리라면 서로 포개놓아야 할걸……."

그러더니 지혜롭게 한마디했다.

"바오밥나무도 자라기 전에는 작은 나무야."

"그렇긴 하지! 그런데 왜 양이 작은 바오밥나무를 먹으면 좋겠다는 거야?"

"그거야 뻔하지." 그가 당연하다는 듯 대답했다. 그래서 나는 혼자 그 문제를 풀어보려고 끙끙댔다.

실제로 어린 왕자가 사는 별에는 다른 별과 마찬가지로 좋은 식물과 나쁜 식물이 있었다. 좋은 식물에서 좋은 씨가, 나쁜 식물에서는 나쁜 씨가 맺힌다. 하지만 씨는 눈에 띄지 않는다. 땅속 깊은 곳에서 잠을 자다가, 어느 날 그 씨앗들 중 하나가 잠에서 깨어날 채비를 한다. 그러면 씨앗이 기지개를 켜며 태양을 향해 작고 예쁜 새순을 돋아나게 한다. 무나 장미의 싹이라면 어떻게 자라든 내버려두어도 된다. 하지만 나쁜 식물이라면 눈에 보이는 대로 바로 뿌리를 뽑아야 한다. 그런데 어린 왕자의 별에 고약한 씨앗이 있었다……. 그게 바로 바오밥나무의 씨앗이었던 것이다. 땅에 그 씨앗들이 퍼져 있었다. 바오밥나무는 제때 손을 쓰지 않으면 나중에는 영영 없앨 수가 없다. 별을 온통 뒤덮고 뿌리로는 구멍을 내고 말 것이다. 그러니 별은 작은데 바오밥나무가 너무 많다면, 언젠가 별은 터져버리고 말 것이다.

어린 왕자가 나중에 말해주었다. "그건 규칙의 문제야. 아침에 세수를 하고 나면, 자신의 별도 꼼꼼히 청소해줘야 해. 어릴 때는 장미와 너무 비슷하게 생겼지만, 바오밥나무라는 걸 구분할 정도가 되면 규칙적으로 뽑아주어야 해. 꽤 귀찮은 일이지만 참 쉬운 일이기도 하지."

그러더니 어느 날에는 우리 별에 사는 아이들이 이 사실

을 잘 기억하도록 나에게 멋진 그림을 그려보라고 권했다. 그는 이렇게 말했다. "언젠가 아이들이 여행을 하게 된다면 도움이 될 거야. 가끔은 할 일을 나중으로 미뤄도 별탈이 없지만, 그게 바오밥나무라면 항상 골치 아픈 일이 돼. 어느 게으름뱅이가 사는 별을 알고 있는 데 말이야, 그 사람은 작은 나무 세 그루를 그냥 내버려뒀어……."

그래서 나는 어린 왕자가 알려준 대로 그 별의 그림을 그렸다. 나는 도덕 선생처럼 말하는 것을 좋아하지 않는다. 하지만 바오밥나무의 위험을 제대로 아는 사람이 적고, 어느 소행성에서 길을 잃은 사람들이 겪을 위험은 너무 커서 이번만은 예외로 하기로 했다. 내가 하려는 말은 이렇다. "어린이 여러분! 바오밥나무를 조심하세요!" 내가 이 그림에 그토록 정성을 기울인 것은, 나처럼 내 친구들도 오래전부터 자신도 모르는 사이 이런 위험에 처해 있었다는 사실을 알려주기 위해서다. 내가 그림으로 전한 교훈은 그만한 가치가 있다. 여러분은 어쩌면 궁금해할지 모른다. 왜 이 책에 바오밥나무 그림보다 더 웅장한 그림은 없는 걸까? 대답은 아주 간단하다. 노력은 해봤지만 성공하지 못한 것이다. 바오밥나무를 그릴 때는 그만큼 조급한 마음에 간절했다.

6장

아! 어린 왕자, 난 너의 그 소소하고 쓸쓸한 삶을 조금씩 이해하게 되었어. 오랫동안 너의 유일한 즐거움은 저녁노을의 달콤한 풍경이었지. 내가 이 사실을 알게 된 건, 넷째 날 아침에 네가 한 말 때문이었어.

"나는 해가 지는 풍경이 참 좋아. 우리 해 지는 거 보러 가자……."

"아직 기다려야 해……."

"뭘 기다려?"

"해가 질 때까지 기다려야지."

너는 처음에 무척 놀란 눈치였어. 그러다 그런 자신이 우스웠는지 웃음을 터뜨렸어. 그리고 내게 이렇게 말했지.

"아직 내 별에 있는 줄 안다니까!"

그건 사실이다. 모두 알다시피, 미국이 한낮일 때 프랑스에서는 해가 진다. 해가 지는 것을 보려면 단숨에 프랑스까지 갈 수 있기만 하면 될 것이다. 아쉽게도 프랑스는 꽤 멀리 떨어져있다. 하지만 너의 아주 작은 행성에서는 의자를 몇 발자국 당기기만 하면 됐지. 그래서 너는 언제든 보고 싶을 때 해가 지는 풍경을 바라볼 수 있었지…….

"어떤 날은 해가 지는 걸 마흔네 번이나 봤어!"

그러다 잠시 후 네가 이렇게 말했지.

"있잖아……. 정말 슬플 때는 해가 지는 게 좋아져……."

"그럼 마흔네 번 본 날은 그만큼 슬펐던 거야?"

하지만 어린 왕자는 대답을 하지 않았다.

7장

다섯째 날, 이번에도 양 덕분에 어린 왕자의 인생에 대한 비밀이 하나 더 드러났다. 그는 속으로 오래 고민한 끝에 결심한 듯, 대뜸 내게 물었다.

"양이 작은떨기나무를 먹는다면 말이야, 꽃도 먹을까?"

"양이야 닥치는 대로 뭐든 먹지."

"가시가 있는 꽃인데도?"

"그럼. 가시가 있는 꽃도 먹지."

"그러면 가시는 꽃들에게 무슨 쓸모가 있어?"

그건 나도 모르는 일이었다. 그때 나는 비행기 엔진에 너무 빡빡하게 끼워진 나사못을 푸는 데 몰두하고 있었다. 고장 난 부분이 생각보다 꽤 심각해 보여서 몹시 걱정이 되었고, 무엇보다도 마실 물이 바닥났다는 사실이 나를 두렵게 했다.

"가시는 꽃들에게 무슨 쓸모가 있어?"

어린 왕자는 한번 질문을 하면 포기하는 법이 없었다. 나사못 때문에 신경이 곤두선 나는 아무렇게나 대답했다.

"가시는 아무데도 쓸모가 없어. 꽃들의 고약한 심술일 뿐이야!"

"오!"

하지만 잠시 가만히 있더니, 어린 왕자가 조금 불만 섞인 목소리로 내게 소리쳤다.

"그 말은 믿을 수 없어! 꽃들은 연약하고, 아주 순진하다고. 최선을 다해서 자신을 지키고 있어. 자신의 가시가 아주 대단한 걸로 알고 있지……."

나는 아무 대답도 하지 않았다. 그때 난 이런 생각을 하고 있었다. '나사가 계속 이렇게 움직이지 않으면, 망치로 한 대 쳐서 튀어나오게 해야겠어.' 어린 왕자가 다시 내 생각을 방해했다.

"그럼 아저씨 생각에는 꽃들이……."

"그만! 그만! 내 생각은 없어! 아까는 아무렇게나 대답한 거야. 난 지금 중요한 일로 바쁘다고!"

그는 깜짝 놀라 나를 바라보았다.

"중요한 일!"

어린 왕자의 눈에 비친 나는 기름때가 얼룩덜룩한 손에 망치를 들고 아주 볼썽사나운 물건에 허리 숙이고 들여다보는 모습이었다.

"아저씨도 어른들처럼 말하네!"

그 말에 나는 조금 부끄러워졌다. 하지만 그가 아랑곳없이 한마디 더했다.

"아저씨는 전부 혼동하고 있어……. 다 뒤죽박죽으로 만들어놓고 있잖아!"

어린 왕자는 정말 잔뜩 화가 나 있었다. 그의 금빛 머리카락이 바람에 날렸다.

"나는 얼굴이 새빨간 아저씨가 사는 별을 알고 있어. 그는 한 번도 꽃향기를 맡아본 적이 없지. 별을 바라본 적도 없고. 누군가를 사랑해본 적도 없어. 그가 하는 거라고는 계산뿐이야. 그리고 아저씨처럼 종일 이 말만 해. '난 아주 중요한 사람이야! 난 아주 중요한 사람이라고!' 그러면서 거들먹거리지. 하지만 그건 사람이 아니야, 버섯이지!"

"뭐라고?"

"버섯이라고!"

화가 난 어린 왕자의 얼굴이 이젠 새하얗게 질려 있었다.

"수백만 년 전부터 꽃은 가시를 만들었어. 양들이 꽃을 먹어치운 것도 수백만 년 전부터지. 그러니까 아무 소용도 없는 가시를 왜 그렇게 고생스럽게 만드는지 알아내려는 게 별로 중요하지 않다는 거야? 양들과 꽃들의 싸움이 중요하지 않아? 얼굴이 새빨간 뚱보 아저씨가 계산을 하는 것보다 더 심각하고 중요한 일이 아니라고? 그런데 내가 다른 별 말고 오직 내 별에만 사는 단 하나뿐인 꽃을 알고 있는데, 작은 양 한 마리가 무슨 짓을 하는지도 모르고 하루아침에 그 꽃을 없애버릴 수도 있다는 게, 그게 중요하지 않다는 거야?"

어린 왕자는 붉어진 얼굴로 말을 이었다.

"누군가 많고 많은 별들 중에서 단 한 송이밖에 없는 꽃을 사랑한다면, 그 사람은 별들을 바라보는 것만으로도 행복할 거야. '저기 어딘가에 내 꽃이 있겠지……' 하고 생각할 테니까. 하지만 양이 그 꽃을 먹어버린다면, 그건 그 사람에게는 모든 별들이 갑자기 꺼져버리는 일이야! 그런데도 그게 하나도 중요하지 않다고?"

그는 더 이상 아무 말도 하지 않았다. 그러다 갑자기 흐느끼며 울음을 터뜨렸다. 어둠이 내린 뒤였다. 나는 쥐고 있던 연장을 내려놓았다. 망치와 나사, 목마름과 죽음 같은 건 아무래도 상관없었다. 어느 별, 어느 행성에, 그러니까 나의 별, 이 지구에 내가 달래주어야 할 어린 왕자가 있었기 때문이다! 나는 어린 왕자를 품에 안았다. 그를 달래며 이렇게 말했다.

"네가 사랑하는 그 꽃은 위험하지 않

아……. 내가 양에게 씌울 입마개를 하나 그려줄게……. 꽃을 위해서는 덮개를 하나 그려줄 거야……. 또……."

나는 무슨 말을 더 해야 할지 몰랐다. 나 자신이 아주 어설프게 느껴졌다. 어떻게 해야 그 마음에 닿을 수 있을지, 어디쯤에서 다시 만날 수 있을지 알 수가 없었다……. 정말 알 수 없는 눈물의 나라다.

8장

나는 곧 그 꽃에 대해 더 많은 것을 알게 되었다. 그동안 어린 왕자가 사는 별에는 꽃잎이 한 겹인 아주 소박한 꽃들만 있어서, 별로 자리를 차지하거나 누구에게 방해가 되는 일이 없었다. 꽃들은 아침에 풀숲에서 피었다가 밤이 되면 지곤 했다. 그런데 어느 날 그 꽃이 어디서 날아왔는지 모를 씨앗에서 싹을 틔웠다. 어린 왕자는 다른 싹들과 다르게 생긴 이 싹을 주의 깊게 관찰했다. 어쩌면 다른 종류의 바오밥나무일지도 몰랐다. 하지만 그 작은 나무는 이내 자라는 것을 멈추더니 꽃을 피울 준비를 했다. 커다란 꽃망울이 자리 잡을 때부터 지켜본 어린 왕자는 눈앞에 뭔가 신비로운 것이 나타날 것만 같았다. 하지만 그 꽃은 녹색의 방에서 예뻐지는 단장을 도무지 그칠 줄 몰랐다. 꽃은 정성스럽게 색을 골랐다. 천천히 옷을 입고, 꽃잎들을 하나하나 다듬었다. 꽃은 개양귀비처럼 주름이 잡힌 채로는 나오고 싶지 않았다. 그 꽃은 자신의 아름다움이 한껏 빛날 때 등장하고 싶었다. 정말 그랬다! 그 꽃은 아주 멋을 부렸다! 그래서 그 신비로운 단장을 하는 데 며칠씩이나 걸렸다. 그러던 어느 날 아침, 해가 막 떠오르려 할 때 꽃이 그 모습을 드러냈다.

빈틈없이 준비를 했던 꽃이 하품을 하며 말했다.

"아함! 지금 일어났네……. 미안해요……. 머리가 온통 헝클어졌네……."

어린 왕자는 놀라움을 감출 수 없었다.

"정말 아름답군요!"

"그렇죠? 난 해가 떠오를 때 태어났거든요……." 꽃이 상냥하게 대답했다.

어린 왕자는 꽃이 그리 겸손하지 않다는 것을 눈치챘다. 하지만 그 꽃은 마음을 흔들어놓았다.

꽃이 곧 말을 이었다. "아침 식사를 할 시간이네요. 괜찮다면 저를 생각해서……."

그러자 몹시 당황한 어린 왕자가 시원한 물이 담긴 물뿌리개를 찾아와 꽃에게 대접했다.

꽃은 그렇게 조금 까다로운 허영심으로 어린 왕자를 어느새 힘들게 했다. 예를 들면 어느 날 자신에게 있는 네 개의 가시 이야기를 하면서, 어린 왕자에게 이렇게 말했다.

"호랑이들이 발톱을 세우고 와도 괜찮아요!"

"내 별에는 호랑이가 없어요. 그리고 호랑이는 풀을 먹지 않아요." 어린 왕자가 설명했다.

"난 그냥 풀이 아니에요." 꽃이 부드럽게 대답했다.

"아, 미안해요……."

"난 호랑이가 하나도 무섭지 않아요. 하지만 바람이 부는 건 무서워요. 여기 바람막이 같은 건 없나요?"

어린 왕자는 생각했다.

'바람을 무서워한다니…… 풀에게는 안된 일이군. 이 꽃은 정말 까다롭구나…….'

"밤에는 저에게 둥근 덮개를 씌워주세요. 당신의 별은 너무 추워요. 갖춰진 게 없네요. 내가 살던 곳에서는……."

꽃이 말을 멈췄다. 이곳에 왔을 때 꽃은 씨앗의 모습이었다. 다른 세상에 대해 아는 것이 있을 리 없었다. 자기도 모르게 뻔한 거짓말을 하려다 들킨 것 같아 부끄러워진 꽃은, 어린 왕자에게 잘못을 뒤집어씌우려는 듯 두세 번 기침을 했다.

"바람막이는요……?"

"내가 찾으러 가려고 했는데 당신이 자꾸 말을 걸었잖아요!"

그러자 꽃은 어떻게든 어린 왕자가 미안한 마음이 들도록 억지로 기침을 해댔다.

이처럼 어린 왕자는 꽃을 사랑하는 진심 어린 마음이 있었지만 어느새 꽃을 의심하게 되었다. 그는 꽃이 대수롭지 않게 하는 말을 너무 심각하게 받아들였고, 그래서 불행해졌다.

어느 날 어린 왕자가 내게 털어놓았다. "그 꽃이 하는 말을 듣지 말아야 했어. 꽃이 하는 말은 절대 귀담아들으면 안 돼. 그냥 바라보며 향기만 맡는 거야. 내 꽃은 내 별을 향기롭게 했지만, 난 그걸 즐길 줄 몰랐어. 짜증스럽기만 했던 그 발톱 이야기도 가엾게 여겨주었어야 했는데……."

그는 나에게 이런 말도 털어놓았다.

"그때 난 아무것도 이해할 줄 몰랐어! 그 꽃이 하는 말이 아니라 행동을 보고 판단했어야 하는 건데 말이야. 꽃은 나를 향기롭게 하고 나를 빛나게 해주었지. 이렇게 도망치는 게 아니었어! 초라한 거짓말 뒤에 숨겨진 꽃의 마음을 알아차렸어야 했는데. 꽃들은 앞뒤가 어긋나는 말을 너무 잘하니까! 하지만 사랑하는 법을 알기에는 내가 너무 어렸어."

9장

나는 어린 왕자가 철새들의 이동을 따라 별에서 떠나왔을 거라고 생각한다. 출발하는 날 아침, 어린 왕자는 자신의 별을 잘 정돈했다. 활화산도 정성스럽게 청소해주었다. 그의 별에는 두 개의 활화산이 있었다. 그래서 아침 식사를 데우기에 참 편리했다. 휴화산도 하나 갖고 있었다. 하지만 어린 왕자가 말했듯이 '그건 아무도 모를 일이다!' 그래서 어린 왕자는 불이 꺼진 휴화산도 청소해주었다. 청소를 잘 해두면, 화산이 갑자기 폭발하지 않고 천천히 일정하게 타오를 것이다. 화산 폭발도 굴뚝의 불과 같은 것이다. 물론 우리가 사는 지구에서 화산을 청소하기에는 우리가 너무 작다. 화산이 우리에게 큰 걱정거리인 이유도 그 때문이다.

어린 왕자는 조금 쓸쓸한 기분으로, 얼마 전 돋아난 바오밥나무의 싹도 뽑아냈다. 그는 다시는 돌아오지 못하리라는 생각이 들었던 것이다. 하지만 익숙했던 모든 일이 그날 아침 따라 너무나 정답게 느껴졌다. 그래서 마지막으로 꽃에게 물을 주고 둥근 덮개를 씌우려 할 때, 그는 눈물이 터져나올 것만 같았다.

"잘 있어." 꽃에게 말했다.

하지만 꽃은 아무 대답도 하지 않았다.

"잘 있어." 그가 다시 말했다.

꽃은 기침을 했다. 하지만 그건 감기 탓이 아니었다.

"내가 바보였어." 꽃이 마침내 입을 열었다. "용서해줘. 그리고 행복하길 바랄게."

어린 왕자는 꽃이 나무라지 않아서 놀랐다. 너무 당황한 나머지 둥근 덮개를 손에 들고 그대로 서 있었다. 그는 이렇게 부드럽고 다정해진 꽃을 이해하지 못했다.

"사실은, 널 사랑해." 꽃이 어린 왕자에게 말했다. "넌 아무것도 몰랐지, 내 탓이야. 하지만 그건 중요하지 않아. 그런데 너도 나만큼 바보였어. 네가 행복하길 바라……. 그 둥근 덮개는 그냥 둬. 이젠 필요 없어."

"하지만 바람이……."

"감기가 그렇게 심한 건 아니야……. 밤에 부는 상쾌한 바람은 나한테 도움이 될 거야. 난 꽃이니까."

"하지만 벌레들이……."

"나비들을 만나려면 애벌레 두세 마리 정도는 참아야지. 정말 멋진 일일 거야. 아니면 누가 날 보러 오겠어? 넌 멀리 있을 텐데. 덩치 큰 짐승들은 하나도 무서울 게 없어. 나도 발톱이 있거든."

그러더니 자신의 가시 네 개를 수줍게 내보였다. 그리고 이렇게 말했다.

"그렇게 시간 끌 것 없어. 신경 쓰이니까. 넌 벌써 떠나기로 마음먹었잖아. 어서 가."

자신이 우는 모습을 어린 왕자에게 보이고 싶지 않아서였다. 그렇게 자존심이 센 꽃이었다…….

10장

어린 왕자의 별은 소행성 325, 326, 327, 328, 329, 330이 있는 지역에 있었다. 그래서 그는 일자리를 찾고 경험도 쌓기 위해 그 소행성들을 하나씩 방문하기 시작했다.

첫 번째 별에는 왕이 살고 있었다. 그 왕은 주홍색과 흰색의 모피 옷을 입고 아주 간결하지만 위엄이 있는 왕좌에 앉아 있었다.

"아! 드디어 신하가 나타났군." 어린 왕자를 발견한 왕이 외쳤다.

그러자 어린 왕자는 생각했다.

'한 번도 본 적이 없으면서 어떻게 나를 알아볼 수 있담!'

왕에게는 세상이 아주 단순하다는 걸 어린 왕자는 알지 못했다. 모든 사람이 자기 신하인 것이다.

"가까이 오너라. 자세히 보자꾸나." 왕은 드디어 누군가의 왕이 된 것이 무척 자랑스러운 듯 말했다.

어린 왕자는 앉을 곳을 찾아 두리번거렸지만 그 별은 온통 화려한 망토로 뒤덮여 있었다. 그래서 계속 서 있게 된 그는 피곤해서 하품이 나왔다.

"왕의 앞에서 하품을 하는 건 예의에 어긋나는 것이다. 하품을 금한다." 왕이 말했다.

"참을 수가 없었어요." 몹시 당황한 어린 왕자가 대답했다. "아주 긴 여행을 했는데 잠을 못 자서……."

그러자 왕이 말했다. "그렇다면 하품을 하도록 명한다. 하품하는 사람을 못 본 지도 몇 년이 지났느니라. 이젠 하품하는 것도 신기해 보이는구나. 자! 다시 하품을 하라. 이건 명령이다."

"그렇게는 주눅이 들어서…… 이제 하품이 안 나오는 걸요……."

어린 왕자가 얼굴을 붉히며 말했다.

"흠! 흠!" 왕이 대답했다. "그러면 짐이…… 짐이 명령하건데 어떤 때는 하품을 하고 어떤 때는……."

그가 무언가 중얼거렸는데, 화가 난 것 같았다.

왕은 그 무엇보다 자신의 권위가 존중받는 것을 중요하게 여겼기 때문이다. 그는 자신의 명령에 거역하는 것을 참지 못했다. 그는 절대군주였다. 하지만 아주 좋은 사람이었기 때문에, 합리적인 명령을 내렸다.

그는 평소에 이렇게 말하곤 했다. "짐이 만약 어떤 장군에게 바닷새로 변하라고 명령했는데 그 장군이 명령을 따르지 않는다면, 그건 장군의 잘못이 아니라 짐의 잘못이니라."

"앉아도 될까요?" 어린 왕자가 조심스럽게 물었다.

"너에게 앉을 것을 명한다." 왕이 흰 담비모피의 망토 자락을 위엄 있게 여미면서 대답했다.

그런데 어린 왕자는 의아한 생각이 들었다. 그 행성은 아주 작았다. 대체 이 왕은 무엇을 다스리는 거지?

"폐하…… 실례지만 한 가지 질문을 해도 될까요……."

"네게 질문하는 것을 명한다." 왕이 서둘러 말했다.

"폐하…… 폐하께서는 무엇을 다스리시나요?"

"전부 다스리지." 왕이 아주 간단히 대답했다.

"전부?"

왕은 조심스레 자신의 행성과 다른 행성들과 별들을 가리켰다.

"저기 보이는 전부를요?" 어린 왕자가 말했다.

"전부……." 왕이 답했다.

그는 절대군주일 뿐 아니라 우주의 군주였기 때문이다.

"그러면 별들도 폐하께 복종하나요?"

"물론이지. 바로 복종한다. 짐은 불복종은 용납하지 않느니라." 왕이 말했다.

어린 왕자는 그런 힘이 있다는 것에 감탄했다. 만일 어린 왕자에게 그런 힘이 있었다면, 의자를 끌어당기지 않고도 하루에 마흔네 번뿐 아니라 육십 번, 아니 백 번이라도 해가 지는 것을 볼 수 있었을 것이다! 그러다가 두고온 자신의 작은 별 생각이 나서 조금 울적해진 어린 왕자가, 용기를 내어 왕에게 자비를 구했다.

"저는 해가 지는 풍경이 보고 싶어요……. 부탁드릴게요……. 해가 지도록 명령해주세요……."

"만일 짐이 어떤 장군에게 나비처럼 이 꽃에서 저 꽃으로 날아보라거나, 비극적인 이야기를 써보라고 하거나, 바닷새로 변하라고 명령했는데, 그 장군이 내려진 명령을 지키지 못한다면 그것은 짐의 잘못인가, 아니면 장군의 잘못인가?"

"그건 폐하의 잘못이겠죠." 어린 왕자가 자신 있게 말했다.

"그렇지. 누구에게든 할 수 있는 것을 요구해야 하느니라." 왕이 말을 이었다. "무엇보다 권력은 이성에 바탕을 두어야 하는 법. 만일 네가 네 백성들에게 바다에 뛰어들라고 명령한다면, 그들은 혁명을 일으킬 게야. 짐의 명령은 합리적이기 때문에 명령을 지키도록 요구할 권리가 있느니라."

"그렇다면 제가 해가 지도록 해달라고 말씀드린 건요?" 한번 질문한 것은 절대 잊어버리는 법이 없는 어린 왕자가 다시 물었다.

"네가 청한 해가 지는 풍경은 곧 보게 될 것이다. 짐이 명령을 내리겠노라. 하지만 짐의 통치 원칙에 따라, 여러 상황이 맞아질 때를 기다리겠노라."

"그게 언제쯤이에요?" 어린 왕자가 물었다.

"에헴! 에헴!" 왕이 두꺼운 달력을 뒤적거리더니 대답했다. "에헴! 에헴! 그건 그러니까…… 언제냐면 오늘 저녁 7시 40분경이 되겠군! 그때가 되면 짐의 명령이 얼마나 잘 지켜지는지 알게 될 것이니라."

어린 왕자는 하품을 했다. 그는 해 지는 풍경을 놓쳐버린 것이 아쉬웠다. 게다가 벌써 조금 지루해졌다.

"이제 여기서는 더 할 일이 없네요. 저는 가볼게요!" 어린 왕자가 왕에게 말했다.

"가지 말라." 신하가 생긴 것이 몹시 자랑스러웠던 왕이 말했다. "가지 말라. 너를 대신으로 임명하겠노라."

"무슨 대신이요?"

"어…… 법무대신!"

"하지만 판결을 받을 사람이 아무도 없잖아요!"

"그건 모르겠노라." 왕이 말했다. "짐은 아직 왕국을 다 둘러보지 못했느니라. 짐은 매우 연로하나 이곳에는 마차를 둘 자리도 없고, 그렇다고 걸어다니자니 너무 힘이 드는 일이로다."

"아! 제가 이미 다 봤어요." 허리를 굽혀 행성의 반대편을 힐끗 쳐다본 어린 왕자가 말했다. "저쪽에도 아무도 없어요."

"그렇다면 너 자신을 심판하도록 하라. 그게 제일 어려운 법이지. 자신을 심판하는 것은 다른 사람을 심판하는 것보다 훨씬 더 어려운 일이니라. 만일 네가 자신을 제대로 심판할 수 있다면, 그것이야말로 지혜롭다는 뜻이니라."

"자신을 심판하는 거라면 어디서든 할 수 있어요. 꼭 여기에서 살 필요는 없어요." 어린 왕자가 말했다.

"에헴! 에헴!" 왕이 말했다. "짐의 행성 어딘가에 늙은 쥐 한 마리가 살고 있느니라. 밤에 찍찍거리는 소리가 들리노니. 너는 그 늙은 쥐를 심판하도록 하라. 가끔 사형선고를 내리도록 하라. 그러면 쥐의 목숨이 네 판결에 달려 있게 되느니라. 목숨을 구해주고 싶다면 그때마다 사면을 해주면 되느니라. 한 마리밖에 없으니 말이다."

어린 왕자가 답했다. "저는 사형선고를 내리고 싶지 않아요. 저는 그냥 가는 게 좋겠어요."

"아니 된다!" 왕이 말했다.

떠날 준비를 마친 어린 왕자였지만 이 나이 든 군주를 슬프게 하고 싶지 않았다.

"만일 폐하께서 어김없이 명령이 지켜지기를 바라신다면, 저에게 이치에 맞는 명령을 내려주세요. 예를 들면 당장 떠나라고 명령을 내리시는 거죠. 제 상황도 적당한 것 같고……."

왕이 아무 대답을 하지 않자, 잠시 망설이던 어린 왕자는 한숨을 내쉬며 길을 나섰다.

그러자 다급해진 왕이 소리쳤다. "짐이 너를 대사로 임명하노라."

그는 아주 위엄 있는 모습이었다.

여행을 하면서 어린 왕자는 속으로 생각했다. '어른들은 정말 이상해.'

11장

두 번째 행성에는 허영심 많은 사람이 살고 있었다.

"아! 아! 여기 숭배자가 나타났군!" 어린 왕자를 발견한 허영쟁이가 멀리서부터 소리쳤다.

허영심 많은 사람은 다른 사람들이 모두 자신을 칭송할 거라고 생각하기 때문이다.

"안녕하세요. 재미난 모자를 쓰셨네요."

"이건 인사를 하기 위해서지." 허영쟁이가 어린 왕자에게 대답했다. "사람들이 나에게 환호를 보내면 이 모자로 인사를 하지. 그런데 아쉽게도 여기를 지나가는 사람이 없어."

"아, 그래요?" 무슨 말인지 이해하지 못한 어린 왕자가 말했다.

그러자 허영쟁이가 말했다. "손뼉을 쳐봐."

어린 왕자가 손뼉을 쳤다. 그러자 허영쟁이가 모자를 들어 올리며 겸손하게 인사를 했다.

'왕을 만났을 때보다 더 재미있는걸.' 어린 왕자는 속으로 생각했다. 그리고 다시 손뼉을 치기 시작했다. 허영쟁이는 또다시 모자를 들어 올리며 인사를 했다.

오 분쯤 해보고 나자 어린 왕자는 단조로운 놀이에 지루해졌다.

“그러다 모자를 떨어뜨리면 어떻게 해요?” 어린 왕자가 물었다.

하지만 허영쟁이에게는 들리지 않았다. 허영쟁이는 칭찬 말고 다른 말은 듣지 못했다.

“너는 나를 정말 많이 칭송하는구나?” 허영쟁이가 어린 왕자에게 물었다.

“칭송한다는 게 무슨 뜻이에요?”

“칭송한다는 것은 내가 이 행성에서 제일 잘생기고, 옷도 제일 잘 입고, 제일 부자에다 제일 똑똑하다는 걸 인정한다는 뜻이야.”

“하지만 이 행성에는 아저씨 혼자잖아요!”

“부탁해. 어쨌든 나를 칭송해줘!”

“당신을 칭송해요.” 어린 왕자는 어깨를 으쓱하며 말했다. “그런데 그게 아저씨한테 무슨 소용이 있어요?”

그리고 어린 왕자는 길을 떠났다.

‘어른들은 정말 이상하다니까.’ 어린 왕자는 여행을 하면서 이렇게 생각했다.

12장

다음 행성에는 주정뱅이가 살고 있었다. 아주 잠시 머물렀지만, 이 행성에서 어린 왕자는 몹시 우울해졌다.

"거기서 뭘 하고 계시죠?" 어린 왕자가 주정뱅이에게 물었다. 말없이 앉아 있는 그의 뒤로 빈 병과 마시지 않은 술병들이 잔뜩 쌓여 있었다.

"술 마셔." 주정뱅이가 우울하게 대답했다.

"왜 술을 마셔요?" 어린 왕자가 물었다.

"잊어버리려고." 주정뱅이가 대답했다.

"뭘 잊으려고요?" 어느새 그가 안쓰러워진 어린 왕자가 물었다.

"부끄러운 걸 잊어버리려고." 주정뱅이가 고개를 떨구며 털어놓았다.

"뭐가 부끄러워요?" 그를 도와주고 싶었던 어린 왕자가 물었다.

"술 마시는 게 부끄러워!" 주정뱅이는 이 한마디를 던지고 아예 말문을 닫아버렸다.

그래서 어린 왕자는 어리둥절한 채로 길을 떠났다.

'아무리 생각해도 어른들은 정말 너무 이상해.' 여행을 하며 어린 왕자는 속으로 생각했다.

13장

네 번째 행성은 어느 사업가의 별이었다. 이 사람은 너무 바빠서 어린 왕자가 도착했는데도 고개조차 들지 않았다.

어린 왕자가 말했다. "안녕하세요. 아저씨 담뱃불이 꺼졌네요."

"셋 더하기 둘은 다섯, 다섯 더하기 일곱은 열둘, 열둘에다 셋은 열다섯. 안녕. 열다섯에 일곱은 스물둘, 스물둘에다 여섯이면 스물여덟. 다시 불붙일 시간도 없구나. 스물여섯에 다섯은 서른하나. 휴! 그럼 모두 5억 162만 2,731이군."

"5억 얼마라고요?"

"어? 너 아직 거기 있었어? 5억…… 나도 모르겠어……. 난 할 일이 너무 많아! 난 중요한 일을 하는 사람이야. 쓸데없는 얘기를 하며 빈둥거릴 시간이 없다고! 둘에 다섯을 더

하면 일곱……."

"5억 얼마라고요?" 한번 한 질문은 절대 포기하는 법이 없는 어린 왕자가 되물었다.

사업가가 고개를 들었다.

"내가 이 행성에 산 오십사 년 동안 방해를 받은 건 딱 세 번이야. 첫 번째는 이십이 년 전 어디선가 풍뎅이 한 마리가 날아와 떨어진 때였지. 풍뎅이가 끔찍한 소리를 내서, 한 가지 계산에 네 군데나 틀렸지. 두 번째는 십일 년 전에 갑자기 류머티즘이 심해졌을 때야. 난 운동을 잘 안 하거든. 빈둥거릴 시간이 없단 말이야. 난 중요한 일을 하는 사람이거든. 그리고 세 번째는…… 바로 지금이야! 그러니까 내가 말한 게 5억……."

"뭐가 5억이라는 거예요?"

사업가는 조용히 일하기에는 이미 글렀다는 사실을 깨달았다.

"이따금 하늘에서 볼 수 있는 저 작은 것들 말이다."

"파리요?"

"아니, 반짝이는 작은 것들 말이야."

"꿀벌이요?"

"아니. 게으름뱅이들을 공상에 잠기게 만드는 황금빛의 작은 것들 말이야. 하지만 난 중요한 일을 하는 사람이야! 공상에 잠길 시간이 없어."

"아! 별이요?"

"그래, 별들 말이야."

"그런데 5억 개의 별로 뭘 하는 거예요?"

"5억 162만 2,731개지. 난 중요한 일을 하는 사람이야. 아주 정확하지."

"그 별들로 뭘 하는 거예요?"

"내가 하는 거?"

"네."

"아무것도 안 해. 그 별들을 소유하는 거지."

"그 별들을 소유한다고요?"

"그래."

"하지만 내가 왕을 만난 적이 있는데……."

"왕은 소유하지 않아. 별들을 '다스리지'. 그건 전혀 다른 거야."

"그럼 별을 소유해서 뭘 하는 거예요?

"그걸로 부자가 되는 거지."

"부자가 되면 뭘 하는 건데요?"

"다른 별을 살 수 있지. 누군가 다른 별을 찾아낸다면 말이야."

'이 사람은 그 주정뱅이 아저씨와 비슷한 얘기를 하네.' 어린 왕자는 속으로 생각했다.

하지만 어린 왕자는 또 질문을 했다.

"어떻게 해야 별들을 소유할 수 있죠?"

"그럼 별들은 누구 건데?" 사업가가 불만 섞인 목소리로 대꾸했다.

"몰라요. 그 누구의 것도 아니겠죠."

"그렇다면 그 별들은 내 거야. 내가 제일 먼저 소유할 생각을 했거든."

"그러면 되는 거예요?"

"물론이지. 네가 누구의 것도 아닌 다이아몬드를 발견했다면, 그건 네 거야. 네가 주인 없는 섬을 하나 발견했다면,

그것도 네 거고. 누구도 나보다 먼저 별을 소유하겠다는 생각을 하지 않았으니까, 별들은 바로 내 소유인 거야."

"정말 그러네요. 그럼 그걸로 뭘 해요?" 어린 왕자가 물었다.

"그걸 관리하지. 난 그 숫자를 세고 또 계산을 해." 사업가가 말했다. "그건 아주 어려운 일이야. 하지만 난 진지한 사람이니까!"

어린 왕자는 여전히 만족스럽지 않았다.

"난, 목도리 하나를 갖고 있는데 목에 두르고 다닐 수 있어요. 꽃도 한 송이 있는데 그 꽃을 꺾어서 갖고 다닐 수도 있어요. 하지만 아저씨는 별들을 딸 수 없잖아요!"

"그래, 하지만 저금을 해둘 수는 있어."

"그게 무슨 말이에요?"

"그건 말이지, 작은 종이에 내 별의 개수를 적어놓는 거야. 그리고 그 종이를 서랍에 넣고 자물쇠를 채워두는 거지."

"그게 다예요?"

"그거면 돼!"

'재미있는걸. 꽤 시적이기도 하고. 하지만 별로 중요한 일은 아니야.' 어린 왕자는 생각했다.

어린 왕자는 중요한 일에 대해 어른들과는 전혀 다른 생각을 갖고 있었다.

어린 왕자가 다시 말을 이었다. "나는요, 꽃을 한 송이 갖고 있는데 매일 물을 줘요. 화산도 세 개 갖고 있어서 매주 청소를 해줘요. 꺼져 있는 휴화산도 청소를 해주지요. 무슨 일이 생길지 아무도 모르는 거니까. 내가 소유한다는 건 화산이나 꽃에게 도움이 되는 일이에요. 하지만 아저씨는 별들에게 아무 도움이 되지 않잖아요……."

사업가는 입을 열었지만 마땅한 대답을 찾지 못했고, 어린 왕자는 다시 길을 떠났다.

'정말 어른들은 너무 이상한 사람들이야.' 어린 왕자는 여행을 계속하면서 속으로 이렇게 생각했다.

14장

다섯 번째 행성은 아주 신기한 곳이었다. 그곳은 모든 행성 중에 가장 작았다. 그곳에는 가로등 하나와 가로등을 켜는 사람 한 명이 있을 자리밖에 없었다. 어린 왕자는 하늘 어디쯤에 집도 사람도 없는 행성에서 가로등과 가로등지기가 무슨 소용이 있는지 도무지 알 수 없었다. 하지만 어린 왕자는 속으로 생각했다.

'어쩌면 이 사람이 어리석은 건지도 몰라. 하지만 왕이나 허영쟁이, 사업가, 주정뱅이보다는 덜 어리석어. 적어도 이 사람이 하는 일은 의미가 있잖아. 그가 가로등을 켜는 일은, 별이나 꽃을 더 생겨나게 하는 것과 같아. 가로등을 끄는 일은 꽃이나 별을 잠들게 하는 일이고. 아주 멋진 직업인걸. 멋진 일이니까 아주 쓸모 있는 일이기도 해.'

어린 왕자는 그 행성에 들어서며 가로등지기에게 공손히 인사를 건넸다.

"안녕하세요. 근데 왜 방금 가로등을 껐어요?

"명령이야." 가로등지기가 대답했다. "좋은 아침!"

"명령이 뭔데요?"

"가로등을 끄는 거. 그럼 안녕."

그러더니 다시 가로등을 켰다.

"그런데 왜 방금 가로등을 다시 켰어요?"

"그것도 명령이야." 가로등지기가 대답했다.

"무슨 말인지 모르겠어요." 어린 왕자가 말했다.

"이해할 필요 없어. 명령은 명령이야. 좋은 아침!" 가로등지기가 말했다.

그는 가로등을 껐다. 그러더니 붉은색 체크무늬 손수건으로 이마의 땀을 닦았다.

"난 여기서 정말 끔찍한 일을 하고 있어. 옛날에는 할 만한 일이었어. 아침이 되면 가로등을 끄고 저녁이 되면 켜곤 했지. 나머지 낮 시간에는 쉬고, 저녁 시간에는 잠을 잘 수 있었어……."

"그 후로 명령이 바뀌었어요?"

"명령은 바뀌지 않았어. 그게 바로 비극이지! 행성은 해가 갈수록 빨리 도는데, 명령이 바뀌지 않았으니 말이야!" 가로등지기가 말했다.

"그래서요?" 어린 왕자가 말했다.

"그래서 지금은 1분에 한 바퀴를 돌아. 잠시도 쉴 틈이 없지. 1분에 한 번씩 껐다 켰다 해야 해!"

"정말 재밌네요! 아저씨의 별에서는 낮이 1분밖에 안 된다니!"

"조금도 재미있는 일이 아냐! 우리가 얘기 나눈 시간만 해도 벌써 한 달이야."

"한 달이라고요?"

"그래. 30분이 지났으니 30일이지! 잘 자."

그러고는 다시 가로등을 켰다.

그를 바라보던 어린 왕자는 자기 일에 그토록 성실한 가로등지기가 마음에 들었다. 어린 왕자는 옛날에 해가 지는 것을 보려고 몇 번이나 의자를 고쳐 앉았던 일이 떠올랐다. 그는 친구를 돕고 싶어졌다.

"저 말이에요…… 난 아저씨가 원할 때 쉴 수 있는 법을 아는데……."

"나야 늘 쉬고 싶지." 가로등지기가 말했다.

사람은 누구나 성실하면서도 게으르기 때문이다.

어린 왕자가 말을 이었다.

"아저씨의 별은 너무 작아서 세 걸음이면 한 바퀴를 돌 수 있어요. 해가 계속 떠 있게 하려면 그만큼 천천히 걷기만 하면 돼요. 좀 쉬고 싶을 때는 그렇게 걷는 거죠……. 그럼 낮의 길이가 원하는 만큼 오래 계속될 거예요."

"그건 내게 별 도움이 되지 않아. 내가 좋아하는 것 중에 하나가 잠자는 거니까." 가로등지기가 말했다.

"그럼 어쩔 수 없네요." 어린 왕자가 말했다.

"어쩔 수 없지." 가로등지기가 말했다. "좋은 아침!"

그리고 그는 가로등을 껐다.

더 멀리 여행을 하는 동안에도 어린 왕자는 생각했다.

'왕이나 허영쟁이, 주정뱅이나 사업가 같은 사람들은 이 사람을 깔볼지 몰라. 하지만 조금도 어리석어 보이지 않는 사람은 이 사람뿐이야. 그건 어쩌면 그가 자신보다 다른 것을 더 돌보고 있기 때문일 거야.'

어린 왕자는 아쉬운 듯 한숨을 내쉬며 다시 생각에 잠겼다.

'내가 친구로 삼을 만한 사람은 저 사람뿐이었는데. 하지만 그의 행성은 정말 너무 좁았어. 두 사람이 지낼 자리가 없잖아…….'

어린 왕자가 차마 털어놓지 못한 사실은, 스물네 시간 동안 1,440번이나 해가 지는 저 축복받은 별을 떠나야 하는 것이 가장 아쉬웠다는 점이다.

15장

여섯 번째 행성은 열 배나 더 큰 행성이었다. 그 행성에는 엄청나게 큰 책을 쓰고 있는 어느 노신사가 살고 있었다.

"어! 탐험가가 나타났군!" 그가 어린 왕자를 발견하고 소리쳤다.

어린 왕자는 테이블에 앉아 한숨을 돌렸다. 그는 벌써 긴 여행을 한 터였다.

"넌 어디서 왔니?" 노신사가 어린 왕자에게 물었다.

"이 두꺼운 책은 무슨 내용이에요?" 어린 왕자가 물었다. "여기서 뭘 하고 계세요?"

"난 지리학자야." 그 노신사가 말했다.

"지리학자가 뭐예요?"

"바다와 강, 마을과 산, 사막들이 어디에 있는지 아는 학자야."

"그거 참 재미있네요." 어린 왕자가 말했다. "그거야말로 제대로 된 일이네요!" 그러고는 지리학자의 행성 주위를 훑어보았다. 이렇게 웅장한 행성은 지금껏 본 적이 없었다.

"당신의 행성은 참 아름다워요. 바다도 있나요?"

"그건 알 수 없어." 지리학자가 말했다.

"아! (어린 왕자는 실망했다.) 그럼 산은요?"

"그것도 알 수 없어." 지리학자가 말했다.

"그럼 도시와 강, 사막은요?"

"그것도 알 수 없지." 지리학자가 말했다.

"하지만 지리학자라면서요!"

"맞아. 하지만 난 탐험가는 아니야." 지리학자가 말했다. "그래서 내게는 탐험가가 꼭 필요하지. 도시와 강과 산, 바다와 사막의 숫자를 세러 가는 건 지리학자가 하는 일이 아니거든. 지리학자는 아주 중요한 사람이라 한가로이 다닐 수 없어. 사무실을 떠나지 않지. 대신 여기서 탐험가들을 맞이해. 그들에게 질문을 하고 그들이 들려주는 이야기들을 받아 적지. 그러다 재미있을 것 같은 얘기가 나오면, 지리학자는 그 탐험가가 믿을 만한 사람인지 조사를 해."

"그건 왜죠?"

"왜냐하면 거짓말하는 탐험가는 지리학자의 책에 큰 문제를 만들 수 있거든. 술을 너무 많이 마시는 탐험가도 그렇고."

"그건 왜죠?" 어린 왕자가 물었다.

"왜냐하면 주정뱅이들에게는 세상이 두 개로 보이거든. 그럼 지리학자는 하나밖에 없는 산을 두 개라고 적을 수도 있는 거지."

"그런 형편없는 탐험가가 될 만한 사람을 하나 알고 있어요." 어린 왕자가 말했다.

"그럴 수 있어. 그래서 탐험가가 믿을 만한 사람일 때만 그가 발견한 것을 조사하는 거야."

"보러 가는 거예요?"

"아니. 그건 너무 복잡한 일이야. 대신 탐험가에게 증거를 대라고 요구하지. 예를 들어 그가 큰 산을 발견했다면, 거기서 커다란 돌멩이들을 가져오라고 하는 거야."

지리학자가 갑자기 들떴다.

"그런데 너 말이야, 너도 멀리서 왔잖아! 너도 탐험가야! 너의 별에 대해 말해보렴."

그리고 지리학자는 큰 공책을 펼치고, 연필을 다듬었다. 탐험가들의 이야기는 우선 연필로 적었다. 탐험가가 증거를 가져올 때까지 두었다가 가져오면 그제야 잉크로 적는 것이다.

"자?" 지리학자가 물었다.

어린 왕자가 말했다. "아! 제가 살던 곳은, 그리 특별한 것이 없어요. 아주 작거든요. 화산이 세 개 있어요. 두 개는 활

화산이고, 한 개는 휴화산이죠. 하지만 무슨 일이 생길지는 아무도 몰라요."

"그건 아무도 모르지." 지리학자가 말했다.

"꽃도 한 송이 있어요."

"우린 꽃에 대해서는 기록하지 않아." 지리학자가 말했다.

"그건 왜죠? 그게 제일 예쁜데!"

"꽃들은 일시적이니까."

"'일시적'이라는 게 무슨 뜻이에요?"

"지리책은 다른 모든 책 중에서도 가장 귀한 책이야. 절대 시대에 뒤떨어지지 않지. 산의 위치가 바뀌는 일은 아주 드문 일이거든. 우리는 영원한 것만 기록해."

"하지만 휴화산이 다시 깨어날 수도 있잖아요." 어린 왕자가 말을 가로막았다. "'일시적'이라는 게 무슨 뜻이에요?"

"화산이 꺼져 있든 타오르든 그건 우리 지리학자들에게 마찬가지야." 지리학자가 말했다. "우리에게 중요한 것은, 산이지. 그건 변하지 않거든."

"그런데 '일시적'이라는 게 무슨 뜻이에요?" 한번 한 질문은 절대 포기하는 법이 없는 어린 왕자가 되물었다.

"그건 '곧 사라질 수 있다'는 뜻이야."

"내 꽃이 곧 사라질 수 있단 거예요?"

"그렇지."

어린 왕자는 생각했다. '내 꽃이 일시적이라니. 그 꽃은 세상으로부터 자신을 지키기 위해 가시 네 개밖에 없어! 그런 꽃을 별에 혼자 남겨둔 거야!'

그것은 어린 왕자가 처음으로 후회한 행동이었다. 하지만 그는 다시 기운을 냈다.

"저는 이제 어느 별을 방문하면 좋을까요?" 그가 물었다.

"지구라는 행성에 가봐. 좋은 곳이라고들 하더군." 지리학자가 대답했다.

그래서 어린 왕자는 자신의 꽃을 생각하며 길을 떠났다.

16장

그래서 일곱 번째로 찾아간 행성은 지구였다.

지구는 그저 그런 행성이 아니었다! 이곳에는 왕이 111명(물론 흑인 왕들도 포함되었다), 7천 명의 지리학자, 90만 명의 사업가, 750만 명의 주정뱅이, 3억 1천1백만 명의 허영쟁이, 그러니까 거의 20억의 어른들이 살고 있다.

지구의 크기를 짐작하는 데 도움이 되도록 한 가지 이야기를 하자면, 전기가 발명되기 전에는 여섯 개 대륙에 모두 46만 2,511명의 가로등지기를 두어야 했다.

조금 멀리서 보면 그 모습이 장관이었다. 가로등지기들의 움직임은 마치 오페라 발레단처럼 규칙적이었다. 먼저 뉴질랜드와 오스트레일리아의 가로등지기들의 순서가 시작된다. 이들이 가로등을 밝히고 잠을 자러 간다. 그러면 중국과 시베리아의 가로등지기들이 이어서 그 춤에 등장한다. 그리고 이들 역시 곧 무대 뒤로 사라진다. 그러면 이번에는 러시아와 인도의 가로등지기들 차례다. 다음은 아프리카와 유럽의 가로등지기들이다. 그다음은 남아메리카와 북아메라카. 이들은 무대에 등장하는 순서를 절대 틀리는 법이 없다. 정말 굉장한 광경이었다.

다만 북극에 한 명뿐인 가로등지기와 그의 동료인 남극의 유일한 가로등지기는 한가롭고 따분하게 지냈다. 이들은 일 년에 딱 두 번 일했기 때문이다.

17장

재미있게 이야기하려다가 사실과 좀 다르게 말하는 수가 있다. 내가 가로등지기의 이야기를 할 때 아주 정직했던 것은 아니다. 지구에 대해 잘 모르는 사람들이 우리 별을 오해하게 만들 위험이 있으니 말이다. 사실 사람들이 지구에서 차지하는 면적은 아주 작다. 만일 지구에 사는 20억 명의 사람들이 무슨 모임을 하듯 서로 가까이 모여 선다면, 가로 20마일, 세로 20마일 크기의 광장으로도 충분할 것이다. 태평양의 제일 작은 섬에 온 인류를 모을 수도 있을 것이다.

물론 어른들은 이 말을 믿지 않을 것이다. 그들은 사람이 아주 넓은 자리를 차지한다고 생각한다. 자신들을 바오밥나무만큼 거대하다고 여기는 것이다. 그러므로 여러분은 그들에게 계산을 해보라고 권하는 게 좋다. 그들은 숫자를 좋아하기 때문에 반가워할 것이다. 하지만 여러분은 그 지루한 일에 시간을 낭비하지 않기를 바란다. 쓸데없는 짓이다. 여러분은 나를 믿으면 된다.

그래서 어린 왕자는 처음 지구에 왔을 때 아무도 보이지 않아 무척 놀랐다. 행성을 착각한 것이 아닐까 걱정이 되려는 순간, 모래 속에서 달빛의 고리 하나가 움직이는 것이 보였다.

"안녕." 어린 왕자가 무턱대고 인사를 했다.

"안녕." 뱀이 말했다.

"내가 지금 어떤 별에 온 거니?" 어린 왕자가 물었다.

"지구야. 아프리카지." 뱀이 대답했다.

"아! 그런데 지구에는 사람이 아무도 없어?"

"여긴 사막이야. 사막에는 아무도 없어. 지구는 아주 크거든." 뱀이 말했다.

어린 왕자는 돌 위에 앉아서 하늘을 올려다보았다.

"누구나 자기 별을 다시 찾을 수 있게 해주려고 별들이 빛나는 게 아닐까 하는 생각이 들어. 내 별을 봐. 저기 바로 우리 위에 있어……. 그런데 참 멀구나!"

"예쁜 별이네. 여긴 무슨 일로 온 거니?" 뱀이 물었다.

"꽃과 사이가 좋지 않았어." 어린 왕자가 말했다.

"아!" 뱀이 답했다.

그리고 둘은 말이 없었다.

"사람들은 어디 있어?" 어린 왕자가 다시 말문을 열었다. "사막은 좀 외로운 곳이네……."

"사람들 속에서도 외로워." 뱀이 말했다.

어린 왕자는 뱀을 한참 바라보았다. 그러다 마침내 다시 입을 열었다.

"넌 정말 이상하게 생긴 동물이구나. 손가락처럼 가느다란 것이……."

"하지만 그 어떤 왕의 손가락보다 힘이 센걸." 뱀이 말했다.

어린 왕자가 미소를 지었다.

"별로 센 것 같지 않은데……. 발도 없으니…… 멀리 여행을 가지도 못하잖아……."

"난 배를 타는 것보다 더 멀리 너를 데려갈 수 있어." 뱀이 말했다.

뱀이 어린 왕자의 발목을 금팔찌처럼 두르며 똬리를 틀었다. 뱀이 다시 말했다.

"난 내가 건드리는 것은 그가 태어난 흙으로 돌려보내지. 하지만 넌 순수하고 다른 별에서 왔으니……."

어린 왕자는 아무 대답을 하지 않았다.

"이 돌덩이 같은 지구에서 넌 너무 약해 보여서 안쓰럽구나. 나중에 너의 별이 너무 그리워지면 내가 도와줄게. 나는 말이야……."

"아! 알겠어. 그런데 넌 왜 늘 수수께끼로 말을 하니?" 어린 왕자가 말했다.

"난 그 수수께끼를 모두 풀어줄 수 있어." 뱀이 말했다.

그리고 둘은 아무 말도 하지 않았다.

18장

어린 왕자는 사막을 건너면서 꽃 한 송이밖에 만나지 못했다. 꽃잎 세 개 말고는, 특별할 것이 없는 꽃…….

"안녕." 어린 왕자가 말했다.

"안녕." 꽃이 말했다.

"사람들은 어디 있어?" 어린 왕자가 공손하게 물었다.

그 꽃은 예전에 카라반이 지나가는 것을 본 적이 있다.

"사람들? 내 생각에 예닐곱 명쯤 있는 것 같아. 몇 년 전에 본 적이 있거든. 하지만 그들이 어디에 있는지는 몰라. 바람을 따라 다니니까. 그 사람들은 뿌리가 없거든. 그래서 힘들어하지."

"잘 있어." 어린 왕자가 말했다.

"잘 가." 꽃이 말했다.

19장

어린 왕자는 어느 높은 산에 올랐다. 지금껏 그가 알던 산이라고는 무릎까지 오는 화산 세 개뿐이었다. 그래서 휴화산은 의자로 쓰곤 했다. 어린 왕자는 생각했다. '이렇게 높은 산에서는 행성 전체와 사람들을 한눈에 모두 볼 수 있을 거야.' 하지만 보이는 것은 아주 뾰족한 바위산뿐이었다.

"안녕." 어린 왕자는 혹시나 하고 인사를 했다.

"안녕…… 안녕…… 안녕……." 메아리가 울렸다.

"너희들은 누구니?" 어린 왕자가 말했다.

"너희들은 누구니…… 너희들은 누구니…… 너희들은 누구니……." 메아리가 대답했다.

"내 친구가 되어줘……. 난 혼자야……." 그가 말했다.

"난 혼자야…… 난 혼자야…… 난 혼자야……." 메아리가 답했다.

그래서 어린 왕자는 생각했다. '정말 이상한 별이야! 온통 메마르고 전부 뾰족하고 너무 각박해. 사람들은 창의력도 없잖아. 남의 말을 따라 하기나 하고 말이야……. 내 별에는 꽃이 있었지. 그 꽃은 항상 내게 먼저 말을 걸곤 했는데…….'

20장

어린 왕자는 모래와 바위, 눈 속을 헤치며 오래 걷다가 드디어 길을 하나 발견하게 되었다. 길은 모두 사람 사는 곳으로 이어지는 것이다.

"안녕." 그가 말했다.

그곳은 장미꽃이 가득 피어 있는 정원이었다.

"안녕." 장미꽃들이 말했다.

어린 왕자는 꽃들을 바라보았다. 모두 그의 꽃과 닮은 꽃들이었다.

"너희들은 누구니?" 너무 놀란 어린 왕자가 물었다.

"우린 장미꽃이야." 꽃들이 대답했다.

"아……." 어린 왕자가 말했다.

그러고는 자신이 몹시 불행하게 느껴졌다. 그의 꽃은 온

우주에서 자기 같은 꽃은 하나도 없다고 그에게 말했었다. 그런데 여기 한 정원에만 닮은 꽃이 오천 송이나 있다니!

어린 왕자는 생각했다. '내 꽃이 이걸 본다면 정말 속상해 할 거야……. 어쩌면 기침을 마구 해대며 웃음거리가 되지 않으려고 다 죽어가는 흉내를 내겠지. 그럼 나도 꽃을 보살피는 척해야 할 거야. 안 그러면 나까지 미안한 마음이 들도록 정말 죽어버릴지도 몰라…….'

그리고 이런 생각도 했다. '난 세상에서 단 하나뿐인 꽃을 가진 부자라고 믿었어. 그런데 그저 평범한 장미 한 송이를 가진 거였군. 그 꽃과 내 무릎까지 오는 화산 세 개, 그 중에 하나는 영영 꺼져버린 건지도 모르지. 그 정도로는 정말 멋진 왕자가 될 수 없어…….' 그러고는 풀밭에 엎드려 울었다.

21장

여우가 나타난 것은 바로 그때였다.

"안녕." 여우가 말했다.

"안녕." 어린 왕자는 공손히 대답하며 돌아보았지만, 아무것도 보이지 않았다.

"나 여기 있어. 사과나무 밑이야." 목소리가 들렸다.

"넌 누구니? 참 예쁘구나……." 어린 왕자가 말했다.

"난 여우야." 여우가 말했다.

"이리 와서 나랑 놀자." 어린 왕자가 여우에게 청했다. "난 지금 너무 슬프거든……."

"너랑 같이 놀 수 없어. 난 길들여지지 않았거든." 여우가 말했다.

"아! 미안해." 어린 왕자가 말했다.

하지만 잠시 생각하더니 말을 이었다.

"'길들인다'는 게 무슨 뜻이야?"

"넌 여기 사람이 아니구나. 뭘 찾고 있는 거니?" 여우가 말했다.

"사람들을 찾고 있어." 어린 왕자가 말했다. "'길들인다'는 게 무슨 뜻이야?"

"사람들은 말이야." 여우가 말했다. "총을 가지고 사냥을 하러 다녀. 그건 아주 신경 쓰이는 일이야! 사람들은 닭도 기르는데, 그게 그들의 유일한 관심사야. 너도 닭을 찾고 있니?"

"아니, 난 친구를 찾아." 어린 왕자가 말했다. "'길들인다'는 게 무슨 뜻이야?"

"다들 잊고 지내는 거지만……. 그건 '관계를 만들어간다'는 뜻이야." 여우가 말했다.

"관계를 만들어간다고?"

"맞아." 여우가 말했다. "넌 아직 내게 다른 수많은 아이들과 다를 바 없는 아이일 뿐이야. 그래서 난 네가 필요하지 않지. 너도 내가 필요하지 않고. 너에게 나는 수많은 여우들과 다를 바 없는 한 마리 여우일 뿐이야. 하지만 네가 나를 길들인다면, 우리는 서로에게 필요해질 거야. 너는 내게 세상에 하나뿐인 존재가 되고, 나도 너에게 세상에서 단 하나뿐인 여우가 되는 거지……."

"이제 좀 알 것 같아." 어린 왕자가 말했다. "꽃이 한 송이 있는데…… 그 꽃이 나를 길들인 건가봐……."

"그럴 수 있지. 지구에서는 별일이 다 있으니까……." 여우가 말했다.

"아! 그건 지구에서의 일이 아니야." 어린 왕자가 말했다.

여우는 몹시 궁금한 눈치였다.

"그럼 다른 별?"

"응."

"그 별에도 사냥꾼들이 있니?"

"아니."

"그거 재미있는데! 그럼 닭은?"

"없어."

"완벽한 건 없구나."

여우가 한숨을 내쉬었다.

하지만 곧 자신의 이야기를 이어갔다.

"내 생활은 단조로워. 나는 닭을 사냥하고, 사람들은 나를 사냥하지. 닭들은 모두 비슷하게 생겼고, 사람들도 다 비슷비슷해. 그래서 좀 심심하지. 하지만 네가 나를 길들인다면, 내 일상에도 햇빛이 비치는 것 같을 거야. 난 그 어떤 발자국과는 다른 한 가지 발자국 소리를 알아차리겠지. 다른 발자국 소리에는 땅속으로 숨어버리거든. 하지만 네 발자국 소리는 음악 같아서 나를 밖으로 나오게 할 거야. 그리고 저길 봐! 저기 밀밭 보이니? 난 빵을 먹지 않아. 나한테 밀은 쓸모가 없지. 밀밭을 봐도 별로 떠오르는 게 없어. 그건 슬픈 일이야! 그런데 너의 머리카락이 금빛이잖아. 그러니까 네가 나를 길들인다면 아주 멋질 거야! 황금빛으로 물든 밀밭을 보면 네 생각이 날 테니까. 그럼 난 밀밭에서 들리는 바람 소리도 좋아하게 될 거야……."

여우는 말없이 어린 왕자를 오래 바라보았다.

"부탁이야……. 나를 길들여줘!" 여우가 말했다.

"나도 그러고 싶어." 어린 왕자가 대답했다. "하지만 시간이 별로 없어. 친구들을 찾아야 하고, 알고 싶은 것도 아주 많거든."

"자신이 길들인 것만 제대로 알 수 있어. 사람들은 이제 시간이 없어서 아무것도 제대로 알지 못해. 가게에서 다 만들어진 물건을 살 뿐이지. 하지만 친구를 파는 가게는 없으니까, 사람들에게 친구가 없는 거야. 친구가 되고 싶다면 나를 길들여줘!"

"어떻게 하는 건데?" 어린 왕자가 물었다.

"잘 참고 기다려줘." 여우가 대답했다. "우선 이렇게 풀밭에서 나랑 좀 떨어져서 앉아. 내가 곁눈질로 널 슬쩍 바라봐도, 넌 말없이 있으면 돼. 말은 오해만 생기게 하니까. 하지만 넌 매일 조금씩 더 가까이 다가앉게 될 거야."

다음날 어린 왕자가 다시 찾아왔다.

"같은 시간에 오면 더 좋을 텐데." 여우가 말했다. "만일 네가 오후 네 시에 온다면, 난 세 시부터 행복해지기 시작할 거야. 시간이 흐를수록 점점 더 행복해지겠지. 어느새 네 시가 되면 난 마음이 들떠서 어쩔 줄 몰라 할 거야. 값진 행복을 맛보게 될 테지! 하지만 네가 아무 때나 온다면, 난 언제 마음의 준비를 해야 할지 도무지 알 수 없잖아……. 그래서 저마다의 의식이 필요해."

"의식이 뭐야?" 어린 왕자가 말했다.

"그것도 사람들이 잘 잊고 사는 거지. 그건 어떤 날을 다른 날과, 어떤 시간을 다른 시간과 구별되게 만드는 거야. 예를 들어 사냥꾼들에게도 의식이 하나 있어. 그들은 목요일마다 마을 아가씨들과 춤을 춰. 그래서 목요일은 아주 멋진 날이야! 나도 포도밭까지 산책을 나갈 수 있거든. 만일

사냥꾼들이 아무 때나 춤을 춘다면, 그날이 그날일 테니 난 하루도 쉴 수 없을 거야."

그렇게 해서 어린 왕자는 여우를 길들였다. 그러다 떠날 시간이 다가왔다.

"아…… 눈물이 날 것 같아." 여우가 말했다.

"그건 네 잘못이야. 난 너를 힘들게 하고 싶지 않았는데, 넌 내가 길들여주길 바랐어……." 어린 왕자가 말했다.

"그랬지." 여우가 말했다.

"그런데 지금 울려고 하잖아!" 어린 왕자가 말했다.

"맞아." 여우가 말했다.

"네가 얻은 건 하나도 없잖아!"

"있어." 여우가 말했다. "밀밭의 색이 있잖아."

그리고 이렇게 덧붙였다.

"다시 가서 장미꽃들을 봐. 너의 꽃이 세상에 단 하나뿐이라는 걸 알게 될 거야. 그리고 다시 와서 내게 작별 인사를 해줘. 그럼 선물로 너에게 비밀 하나를 알려줄게."

어린 왕자는 장미꽃들을 다시 보러 갔다.

어린 왕자는 장미꽃들에게 말했다.

"너희들은 내 장미꽃과 하나도 닮지 않았어. 너희들은 아직 아무것도 아니야. 아무도 너희들을 길들이지 않았고, 너희들 역시 아무도 길들이지 않았으니까. 너희들은 예전의 내 여우와 같아. 다른 수많은 여우들과 같은 한 마리 여우일 뿐이었지. 하지만 내가 친구로 만들어서, 이제는 세상에 단 하나뿐인 여우가 된 거야."

그러자 장미꽃들은 아주 난처해했다.

"너희들은 아름다워. 하지만 의미가 없지." 어린 왕자가 다시 말했다. "누구도 너희들을 위해 죽지는 않을 테니까. 물론 내 장미꽃도 그저 지나가는 사람들에게는 너희들과 비슷하다고 생각할 거야. 하지만 그 꽃은 너희 모두보다 더 소중해. 왜냐하면 내가 물을 준 것은 바로 그 꽃이니까. 둥근 덮개를 씌워준 것도 그 꽃이고, 바람막이로 지켜준 것도 그 꽃이지. 내가 벌레들을 잡아준 것도 (나비를 위해 두세 마리는 남긴 것 말고는) 그 꽃이고. 난 꽃이 불평할 때도 자랑할 때도, 가끔은 아무 말 하지 않을 때도 늘 귀를 기울였지. 그건 내 장미꽃이기 때문이야."

그리고 어린 왕자는 여우에게 돌아왔다.

"잘 있어." 그가 말했다.

"잘 가." 여우가 말했다. "내 비밀은 이거야. 아주 간단하지. 그건 마음으로 보아야만 잘 볼 수 있다는 거야. 가장 중요한 것은 눈에 보이지 않거든."

"가장 중요한 것은 눈에 보이지 않아." 어린 왕자는 기억

해두려고 되뇌었다.

“너의 장미꽃이 그토록 소중하게 된 것은 네가 그 꽃을 위해 쏟은 시간 때문이야.”

“내가 장미꽃을 위해 쏟은 시간 때문이야…….” 어린 왕자는 기억해두려고 되뇌었다.

“사람들은 이 진실을 잊어버렸어.” 여우가 말했다. “하지만 넌 그걸 잊으면 안 돼. 네가 길들인 것에 대해서 너는 영원히 책임이 있는 거야. 너는 네 장미꽃에 대해 책임이 있어…….”

“나는 내 장미꽃에 대해 책임이 있어…….” 어린 왕자는 기억해두려고 되뇌었다.

22장

"안녕." 어린 왕자가 말했다.

"안녕." 선로 조종사가 말했다.

"여기서 뭘 하는 거예요?" 어린 왕자가 물었다.

"난 승객들을 천 명씩 나눠서 보내는 일을 해." 선로 조종사가 말했다. "그들이 탄 열차를 때로는 오른쪽, 때로는 왼쪽으로 보내지."

그때 천둥 같은 소리를 내며 환하게 불을 밝힌 급행열차 한 대가 선로 조종실을 흔들어놓았다.

"아주 바쁜 사람들이네. 뭘 찾고 있는 거죠?" 어린 왕자가 물었다.

"기관사도 그건 몰라." 선로 조종사가 말했다.

이번에는 반대쪽에서 환하게 불을 밝힌 두 번째 급행열

차가 요란한 소리를 내며 달려왔다.

"아까 그 사람들이 벌써 돌아오는 건가요?" 어린 왕자가 물었다.

"아까 그 사람들이 아니야. 이건 서로 교차를 하는 거야." 선로 조종사가 말했다.

"자기가 있던 곳이 마음에 들지 않았던 거예요?"

"사람들은 자기가 있는 곳에 절대 만족하지 않아." 선로 조종사가 말했다.

환하게 불을 밝힌 세 번째 급행열차가 천둥소리를 내며 달려왔다.

"저 사람들은 처음 그 승객들을 쫓아가는 건가요?"어린 왕자가 물었다.

"저들은 아무것도 쫓지 않아. 저기서 잠을 자거나 하품을 하지. 아이들만 코를 유리창에 바짝 대고 있어."

"아이들만 자기가 무얼 찾는지 아는구나." 어린 왕자가 말했다. "아이들은 낡은 헝겊 인형에 시간을 쏟고, 그래서 그 인형은 아주 소중한 것이 되는 거예요. 누가 그걸 뺏으면 아이들은 울음을 터뜨리고……."

"아이들은 운이 좋구나." 선로 조종사가 말했다.

23장

"안녕." 어린 왕자가 말했다.

"안녕." 상인이 말했다. 갈증을 잘 달래주는 알약을 파는 상인이었다.

"왜 그런 걸 팔아요?" 어린 왕자가 물었다.

"시간을 많이 아낄 수 있거든. 전문가들이 계산을 해봤는데, 일주일에 오십삼 분을 절약할 수 있대."

"그 오십삼 분으로 뭘 하는데요?"

"하고 싶은 것을 하지……."

'내가 오십삼 분을 쓸 수 있다면, 아주 천천히 샘을 향해 걸어갈 텐데.' 어린 왕자는 속으로 생각했다.

24장

사막에서 비행기가 고장난 지 팔 일째 되는 날이었다. 나는 마지막으로 남아 있던 물 한 모금을 마시며 그 상인에 대한 이야기를 들었다.

"아!" 나는 어린 왕자에게 말했다. "너의 지난 이야기는 정말 재미있어. 그런데 난 아직 비행기를 고치지 못했고, 이제 마실 물도 없단다. 나도 어느 샘물 곁으로 천천히 걸어갈 수 있다면 좋겠어!"

"내 친구 여우는……." 그가 내게 말했다.

"꼬마야, 이제 여우 이야기는 그만해!"

"왜?"

"왜냐면 목이 말라 죽을 지경이니까……."

어린 왕자는 내 말을 이해하지 못하고 이렇게 대답했다.

"죽게 되더라도 친구가 있었다는 건 좋은 일이야. 난 여우 친구가 있었다는 게 정말 기뻐……."

나는 생각했다. '이 아이는 지금 얼마나 위험한 상황인 줄 모르는군. 좀처럼 배가 고프거나 목이 마른 법 없이 그저 햇빛만 조금 비추면 되나보군…….'

그런데 나를 바라보던 어린 왕자가 내 생각을 읽은 듯이 대답했다.

"나도 목이 말라……. 우리 우물 찾으러 가자."

나는 심드렁하게 대했다. 넓디넓은 사막에서 무턱대고 우물을 찾으러 나서는 것은 어리석은 짓이다. 하지만 우리는 걷기 시작했다.

말없이 몇 시간을 걷다 보니 어느새 밤이 찾아와 별들이 빛나기 시작했다. 목이 말라서인지 열이 조금 있던 나는 꿈속에서 별을 바라보는 것 같았다. 어린 왕자의 말들이 기억 속에서 춤추듯 맴돌았다.

"너도 목이 마르니?" 내가 물었다.

하지만 어린 왕자는 내 질문에 답하지 않았다. 그저 이렇게 말했다.

"물은 마음에도 좋을 거야……."

나는 어린 왕자가 하는 말을 이해할 수 없었지만 아무 말도 하지 않았다……. 그에게는 질문을 해도 소용없다는 걸 잘 알고 있었다.

어린 왕자는 지쳐서 자리에 앉았다. 나도 그의 곁에 앉았다. 잠시 가만히 있더니, 그가 다시 말문을 열었다.

"별들이 아름다운 건, 눈에 보이지 않는 꽃 한 송이 때문이야……."

나는 '그래' 하고 대답했다. 그리고 말없이 달빛 아래 일렁이는 모래 언덕을 바라보았다.

"사막은 아름다워." 그가 말을 이었다.

정말 그랬다. 난 항상 사막을 좋아했다. 모래 언덕에 앉으면, 아무것도 보이지 않고 아무 소리도 들리지 않는다. 그리고 그 고요함 속에 빛나는 무언가가 있다…….

"사막이 아름다운 건, 어딘가에 우물을 감추고 있기 때문이야……." 어린 왕자가 말했다.

나는 모래가 신비롭게 빛나는 이유를 깨닫고는 놀랐다. 어렸을 때 나는 오래된 집에 살았는데, 옛날부터 그 집에 보물이 숨겨져 있다는 소문이 있었다. 물론 아무도 그 보물을 찾는 법을 몰랐고, 찾으려는 사람도 없었던 것 같다. 그래도 보물 이야기는 온 집에 마법을 걸어놓았다. 우리 집은 깊은 곳에 비밀 하나가 감춰져 있는 듯했다…….

"맞아. 집이든 별이든 사막이든, 그것을 아름답게 해주는 건 눈에 보이지 않아!" 내가 어린 왕자에게 말했다.

"아저씨가 내 여우와 같은 생각이라니 기분이 좋아."

어린 왕자가 잠들어서 나는 그를 품에 안고 다시 길을 떠났다. 가슴이 뭉클했다. 부서질 듯한 보물을 품고 있는 것 같았다. 세상에 이보다 더 연약한 것은 없을 것만 같았다. 나는 달빛에 비친 창백한 이마, 감은 두 눈, 바람에 흩날리는 머리카락을 바라보았다. 그리고 생각했다. '내가 보고 있는 것은 껍데기일 뿐이야. 가장 중요한 것은 눈에 보이지 않아…….'

반쯤 벌어진 그의 입술에 옅은 미소가 번지는 것을 바라보며, 나는 또 생각했다. '이 잠든 어린 왕자에게 내 마음이 이토록 저려오는 건, 꽃 한 송이를 향한 그의 변함없는 마음 때문이야. 잠든 순간에도 그의 마음속에서 등불처럼 타오르는 한 송이 장미꽃의 모습 때문이지…….' 그러자 그가 더욱더 가냘프게 보였다. 등불은 잘 지켜주어야 한다. 한 자락 바람에도 꺼질 수 있으니까…….

그렇게 걷다가, 해가 뜰 무렵 나는 우물을 발견했다.

25장

“사람들은 서둘러 급행열차에 올라타지만, 자기가 무엇을 찾고 있는지 몰라. 그래서 안절부절못하고 제자리를 맴도는 거지…….” 어린 왕자가 말했다.

그리고 이 말을 더했다.

“그럴 필요가 없는데…….”

우리가 찾은 우물은 다른 사하라의 우물들과 달랐다. 사하라의 우물들은 모래에 파놓은 구덩이일 뿐이다. 그런데 이 우물은 마을에 있는 우물 같았다. 하지만 그곳에 마을이 있을 리 없었다. 나는 꿈을 꾸는 것 같았다.

“이상해. 모든 게 갖춰져 있잖아. 도르래, 두레박, 밧줄…….” 내가 어린 왕자에게 말했다.

그가 웃더니 밧줄을 당기며 도르래를 움직였다. 그러자

오랫동안 바람이 잠잠했을 때 낡은 풍향계에서 나는 소리처럼 도르래에서 삐걱거리는 소리가 났다.

"들어봐. 우리가 깨운 우물이 노래를 하네……." 어린 왕자가 말했다.

나는 그를 힘들게 하고 싶지 않았다. 그래서 말했다.

"내가 할게. 너한테 너무 무거워."

나는 두레박을 우물 아귀까지 천천히 끌어올렸다. 그리고 균형을 잘 잡아 두레박을 우물 아귀에 올려놓았다. 귀에서는 도르래 노랫소리가 계속 들렸고, 아직 일렁이는 물속에 태양이 흔들리는 것을 보았다.

"이 물을 마시고 싶어." 어린 왕자가 말했다. "마시게 좀 줘."

나는 그가 찾으려던 것이 무엇인지 깨달았다!

나는 그의 입술까지 두레박을 들어올렸다. 그가 눈을 감고 물을 마셨다. 축제처럼 달콤한 순간이었다. 그 물은 음식 이상의 것이었다. 내가 별빛 속을 걸어와 도르래 소리에 맞춰 두 팔로 열심히 길어 올려 생긴 물이었다. 그 물은 마음에도 좋은 선물 같았다. 내가 어린 아이였을 때, 크리스마스 트리의 불빛과 자정 미사의 음악, 따뜻한 미소 같은 것들이 내가 받은 크리스마스 선물을 더 빛나게 해주었던 것처럼 말이다.

"아저씨 별에서는 사람들이 한 정원에 오천 송이나 되는

장미를 길러……. 그런데도 거기서 자기가 찾는 것을 발견하지 못하지……." 어린 왕자가 말했다.

"그걸 찾아내지 못하지." 내가 대답했다…….

"하지만 그들이 찾는 것은, 장미꽃 한 송이나 물 한 모금에서도 찾을 수 있을 텐데……."

"맞아." 내가 답했다.

그러자 어린 왕자가 말을 보탰다.

"하지만 눈으로는 볼 수 없어. 마음으로 찾아야지."

나는 물을 마셨다. 그리고 한숨을 돌렸다. 해가 뜰 무렵의 모래는 꿀색이다. 나는 그 꿀색에도 행복해졌다. 무엇 때문에 그렇게 힘들어했는지…….

"약속 꼭 지켜야 해." 어린 왕자가 다시 내 곁에 다가와 앉더니, 다정하게 말했다.

"무슨 약속?"

"알잖아……. 내 양에게 씌울 입마개 말이야……. 난 꽃을 책임져야 해!"

나는 주머니에서 밑그림 몇 장을 꺼냈다. 어린 왕자가 그림을 보더니 웃으며 말했다.

"이 바오밥나무는 좀 배추같이 생겼어……."

"이런!"

내가 꽤 자신 있었던 바오밥나무 그림이었다!

"여우는…… 귀가…… 뿔처럼 생겼어……. 너무 길쭉하기도 하고!"

그러더니 또 웃었다.

"야, 좀 너무한데. 난 속이 보이거나 보이지 않는 보아뱀밖에 그릴 줄 모른다고."

"아! 괜찮아. 아이들은 다 알아." 그가 말했다.

그래서 나는 연필로 입마개를 그렸다. 어린 왕자에게 그것을 건네며 나는 가슴이 죄어왔다.

"넌 내가 모르는 계획이 있나 보구나……."

하지만 그는 대답하지 않았다. 대신 이렇게 말했다.

"있잖아, 내가 지구에 온 지…… 내일이면 일 년이야……."

그리고 잠시 가만히 있더니, 다시 말했다.

"바로 이 근처에 떨어졌어."

그러고는 얼굴을 붉혔다.

나는 또다시 이유를 알 수 없는 묘한 슬픔을 느꼈다. 하지만 한 가지 의문이 생겼다.

"그러니까 팔 일 전에 내가 널 처음 본 날 아침에, 사람이 사는 곳에서 아주 멀리 떨어진 곳까지 네가 혼자 걸어온 게 우연이 아니었구나! 네가 떨어졌던 곳으로 돌아가려던 거지?"

어린 왕자가 또 얼굴을 붉혔다.

그래서 머뭇거리다가 다시 물었다.

"혹시 일 년이 다 돼서……?"

어린 왕자가 또다시 얼굴을 붉혔다. 그는 질문에 대답하는 법이 없었다. 하지만 얼굴을 붉힌다면, 그것은 '맞다'는 뜻이지 않은가?

"아! 걱정이구나……." 내가 말했다.

하지만 그는 내게 이렇게 대답했다.

"아저씨는 이제 일해야지. 비행기가 있는 곳으로 돌아가. 난 여기서 기다릴게. 내일 저녁에 다시 와……."

하지만 나는 안심이 되지 않았다. 여우가 생각났다. 길들여진다는 건, 그로 인해 조금 울게 될지도 모른다는 뜻이다.

26장

우물 옆에는 무너진 낡은 돌담이 있었다. 다음 날 저녁 일을 마치고 돌아왔을 때 멀리서 보니 어린 왕자가 돌담 위에 올라앉아 다리를 늘어뜨리고 있었다. 그리고 그가 말하는 소리가 들렸다.

"그래서 넌 기억이 안 난다고? 정확히 여기는 아냐!" 그가 말했다.

또 다른 목소리가 대답하는 게 분명했다. 어린 왕자가 이렇게 대꾸했기 때문이다.

"그래! 그래! 그게 바로 오늘이야. 하지만 장소는 여기가 아냐……."

나는 돌담 쪽으로 계속 걸었다. 아무도 보이지 않고, 아무 소리도 들리지 않았다. 하지만 어린 왕자가 또 대꾸를 했다.

"……그래. 모래 위에 내 발자국이 어디서 시작됐는지 보란 말이야. 거기서 날 기다리면 돼. 내가 오늘 밤 그리로 갈 테니까."

나는 돌담에서 이십 미터쯤 떨어져 있었는데, 여전히 아무것도 보이지 않았다.

잠시 가만히 있던 어린 왕자가 다시 말했다.

"네가 가진 독은 괜찮은 거니? 나를 오래 아프게 하지는 않겠지?"

나는 가슴이 죄어와 잠시 멈춰 섰다. 하지만 여전히 이유는 알 수 없었다.

"이제 저리 가……. 난 다시 내려갈래!"

그때 돌담 아래로 눈길이 향한 나는 소스라치게 놀랐다! 거기에는 삼십 초 만에 사람을 죽일 수 있는 노란 뱀 한 마리가 어린 왕자를 향해 고개를 꼿꼿이 세우고 있었다. 나는 권총을 꺼내려고 주머니를 뒤지며 달리기 시작했다. 하지만 내 소리가 들리자, 뱀은 잦아드는 분수처럼 스르륵 모래 속으로 기어들더니, 별로 서두르지도 않고 가벼운 금속음을 내며 돌 틈으로 사라졌다.

겨우 돌담에 이른 나는, 눈처럼 새하얗게 질린 나의 어린 왕자를 품에 안았다.

"대체 이게 무슨 일이야! 너 지금 뱀하고 얘기한 거야!"

나는 그가 늘 두르고 있던 금색 목도리를 풀어주었다. 관

자놀이에 물을 적셔주고, 물도 마시게 했다. 그런데 이제는 더 이상 그에게 아무것도 물어볼 수 없었다. 그는 나를 지그시 바라보더니 팔로 내 목을 감싸 안았다. 소총에 맞아 죽어가는 새처럼 그의 심장이 팔딱거리며 뛰는 것을 느꼈다. 그가 내게 말했다.

"고장 난 기계를 고쳤다니 다행이야. 이제 집으로 돌아갈 수 있겠네……."

"어떻게 알았니?"

정말 뜻밖에도 수리가 잘 끝났다는 사실을 그에게 알려주러 온 참이었다!

그는 내 질문에는 대답하지 않고, 이렇게 말했다.

"나도 오늘 집으로 돌아가……."

그리고 쓸쓸하게 말했다.

"거긴 훨씬 더 멀고…… 훨씬 더 힘들어……."

그에게 뭔가 심상치 않은 일이 벌어지고 있다는 것을 느낄 수 있었다. 나는 아기처럼 그를 품에 꼭 끌어안았다. 하지만 그는 붙잡을 수 없을 만큼 깊은 곳으로 꺼져 들어가는 것 같았다…….

그의 무거운 시선이 아득히 먼 곳을 향했다.

"난 아저씨가 그려준 양이 있어. 양이 들어갈 상자도 있고. 양에게 씌울 입마개도 있지……."

그러고는 쓸쓸하게 미소를 지었다.

나는 한참을 기다렸다. 그의 몸이 다시 조금씩 따뜻해지는 것을 느꼈다.

"꼬마야, 너 무서웠구나……."

당연히 무서웠을 것이다! 하지만 그는 희미하게 웃었다.

"오늘 밤에는 훨씬 더 무서울 거야……."

돌이킬 수 없을 것만 같아서, 나는 또다시 마음이 서늘해졌다. 이 웃음소리를 더 이상 들을 수 없다는 생각에 견딜 수가 없었다. 그의 웃음은 나에게 사막의 샘물 같은 것이었다.

"꼬마야, 난 너의 웃음소리를 계속 듣고 싶어……."

하지만 그가 내게 말했다.

"오늘 밤이면 일 년이 돼. 작년에 내가 떨어졌던 곳 바로 위에 내 별이 오겠지……."

"꼬마야, 뱀이니 약속이니 별이니 하는 이야기는 다 나쁜 꿈이 아닐까……?"

하지만 그는 내 질문에 대답하지 않고, 이렇게 말했다.

"중요한 것은 눈에 보이지 않아……."

"그래……."

"꽃도 마찬가지야. 만일 어떤 별에 사는 꽃 한 송이를 사랑한다면, 밤하늘을 바라보는 건 정말 행복한 일이 될 거야. 모든 별에 꽃이 필 테니까."

"그래……."

"물도 마찬가지야. 아저씨가 내게 준 물은 음악 같았어.

도르래와 밧줄 덕분에 말이야……. 생각나……? 물맛이 정말 좋았어."

"그래……."

"밤에는 꼭 별들을 바라봐. 내가 어디에 있는지 알려주고 싶지만, 내 별은 너무 작아서 말이야. 그렇게 하는 게 더 나을 거야. 그 별들 중 하나가 내 별일 테니까. 그럼 아저씨는 모든 별을 바라보는 게 즐거워질 거야……. 그 별들은 모두 아저씨 친구가 되겠지. 그리고 아저씨한테 줄 선물이 있어……."

그가 다시 웃었다.

"아! 꼬마야, 난 그 웃음소리 듣는 게 좋아!"

"이게 바로 내 선물이 될 거야……. 물처럼 말이야……."

"그게 무슨 뜻이니?"

"사람들은 저마다 다른 별을 갖고 있어. 여행하는 사람에게는 별들이 안내자가 되고, 또 어떤 사람에게는 그냥 작은 불빛일 뿐이지. 학자들에게는 숙제가 되고, 내가 아는 사업가에게는 금으로 보여. 하지만 그 모든 별들은 말이 없어. 아저씨는 그 누구도 갖지 못한 별들을 갖게 될 거야……."

"그게 무슨 말이니?"

"아저씨가 밤에 하늘을 올려다볼 때 내가 그 별들 중 하나에 살고 있고, 또 거기서 웃고 있을 테니까 아저씨는 이제 모든 별들이 웃고 있는 것처럼 보일 거야. 웃을 줄 아는 별들을 갖게 되는 거지!"

그는 또 웃었다.

"그리고 슬픔이 가시고 나면(슬픔은 늘 가시게 마련이다), 나를 알게 된 것이 흐뭇해질 거야. 아저씨는 언제나 내 친구야. 나와 함께 웃고 싶을 때도 있겠지. 가끔 심심할 때는 그렇게 창문을 열게 될 거야……. 아저씨 친구들은 하늘을 보며 웃는 아저씨 모습에 놀라겠지. 그럼 이렇게 말해줘. '그래. 난 별들을 보면 늘 웃음이 나와!' 사람들은 아저씨를 미쳤다고 생각할 거야. 난 아저씨를 골탕 먹인 셈이 되겠네……."

그리고 그는 또 웃었다.

"그렇게 되면 나는 별이 아니라, 웃을 줄 아는 작은 방울 꾸러미를 준 거나 마찬가지일 거야……."

그가 또 웃었다. 그러더니 다시 진지해졌다.

"오늘 밤에는…… 그러니까…… 오지 마."

"난 네 곁을 떠나지 않을 거야."

"내가 좀 아파 보일 거야……. 죽을 것처럼 보일지도 몰라. 다 그런 거야. 그러니까 보러 오지 마. 그럴 필요 없어……."

"난 네 곁을 떠나지 않을 거야."

하지만 그는 걱정스러운 듯했다.

"내가 아저씨한테 이렇게 말하는 건…… 뱀 때문이기도 해. 뱀이 아저씨를 물면 안 되잖아……. 뱀들은 못됐어. 그냥 심심해서 물기도 하거든…….”

"난 네 곁을 떠나지 않을 거야."

그런데 무슨 생각이 났는지 마음을 놓는 듯했다.

"사실 두 번째 물 때는 독이 없기는 해……."

그날 밤 나는 어린 왕자가 길을 떠나는 것을 보지 못했다. 그는 소리 없이 사라져버렸다. 내가 겨우 그를 따라잡았을 때, 그는 작정한 듯 빠른 걸음으로 걷고 있었다. 그는 내게 그저 이렇게 말했다.

"아! 왔어……."

그리고 내 손을 잡았다. 하지만 그는 다시 괴로워했다.

"아저씨가 잘못한 거야. 이제 마음이 아파질 텐데. 내가

죽은 듯이 보일 테지만, 사실은 그게 아니야…….”

나는 아무 말도 하지 않았다.

“알잖아. 거긴 너무 멀어. 이 몸까지 가져갈 수는 없어. 너무 무겁거든.”

나는 아무 말도 하지 않았다.

“하지만 그건 벗어버린 낡은 껍데기 같은 거야. 낡은 껍데기를 두고 슬퍼할 건 없어…….”

나는 아무 말도 하지 않았다.

그는 조금 시무룩해졌다. 그러나 다시 힘을 내서 말했다.

“있잖아, 참 좋을 것 같아. 나도 별들을 바라볼 거니까. 모든 별들이 녹슨 도르래가 달린 우물이 되겠지. 모든 별들이 내게 마실 물을 부어줄 테고…….”

나는 아무 말도 하지 않았다.

“정말 재미있겠다! 아저씨는 오억 개의 방울을 갖고, 난 오억 개의 우물을 갖게 되는 거지…….”

그리고 그 역시 아무 말도 하지 않았다. 울고 있었던 것이다…….

“바로 저기야. 나 혼자 걸어가게 둬.”

그런데 겁이 났는지 어린 왕자가 주저앉았다.

그가 다시 말했다.

“저기…… 내 꽃 말이야…… 난 그 꽃을 책임져야 해! 그리고 그 꽃은 정말 연약하거든! 그리고 너무 순진해. 세상에서 자신을 지켜낼 방법이 가시 네 개밖에 없어…….”

나도 앉았다. 더는 서 있을 수 없었기 때문이다. 그가 말했다.

“자…… 이제 끝이야…….”

그는 잠시 더 망설이더니 일어섰다. 그가 한 걸음 떼어놓았다. 나는 꼼짝할 수 없었다.

그의 발목쯤에 노란빛이 반짝했을 뿐이었다. 그가 잠시 그대로 멈춰 있었다. 소리도 지르지 않았다. 그러더니 나무가 쓰러지듯, 그가 천천히 쓰러졌다. 모래 때문에 아무 소리도 들리지 않았다.

27장

그로부터 벌써 육 년이 흘렀다……. 나는 이 이야기를 한 번도 한 적이 없었다. 다시 만난 동료들은 내가 살아 돌아온 것을 무척 기뻐해주었다. 나는 슬펐지만 그들에게는 '피곤해서 그래……'라고만 했다.

지금은 슬픔이 조금 가라앉았다. 그렇다고…… 완전히 가신 것은 아니다. 그렇지만 어린 왕자가 자신의 별로 돌아갔다는 것을 잘 알고 있다. 왜냐하면 그날 새벽, 나는 그의 흔적을 찾을 수 없었기 때문이다. 그리 무거운 몸이 아니었는지……. 그래서 나는 밤에 별들의 소리를 듣는 것을 좋아한다. 그것은 오억 개의 방울과 같다…….

그런데 신기한 일이 벌어지고 있다. 나는 어린 왕자에게

그려준 입마개에 가죽 끈 다는 것을 깜빡했었다! 그러니 절대 양에게 입마개를 씌울 수 없을 것이다. 그래서 생각하게 된다. '그의 별에서는 어떤 일이 벌어지고 있을까? 양이 꽃을 먹어치운 건 아닐까…….'

어떤 때는 이런 생각이 든다. '아닐 거야! 매일 밤 어린 왕자가 꽃에게 둥근 덮개를 씌워주고, 양도 잘 지켜볼 거야…….' 그렇게 생각하면 행복해졌다. 모든 별들이 환하게 웃었다.

또 어떤 때는 이런 생각이 든다. '어쩌다 한두 번 방심할 수도 있어. 그럼 끝장이지! 그가 어느 날 밤에 유리 덮개 씌우는 걸 잊어버렸거나, 양이 소리 없이 밤중에 나와서…….' 그러면 방울들이 모두 눈물로 변했다…….

이건 정말 커다란 수수께끼다. 나처럼 어린 왕자를 사랑하는 여러분도 어딘가에서 만난 적도 없는 양 한 마리가 장미꽃을 먹었는지 아닌지에 따라서, 온 세상이 다르게 보일 수 있으니 말이다…….

하늘을 바라보자. 그리고 생각해보기 바란다. '양이 꽃을 먹었을까? 안 먹었을까?' 그러면 모든 것이 달라진다는 걸 알게 될 것이다…….

어른들은 그게 그토록 중요한 일인지 절대 깨닫지 못할 것이다!

나에게 이것은 세상에서 가장 아름답고도 가장 슬픈 풍경이다. 앞장에 있는 그림과 같지만, 여러분에게 더 잘 보여주려고 다시 한번 그렸다. 이곳이 바로 어린 왕자가 지구에 나타났다가 사라진 곳이다.

이 풍경을 자세히 봐두었다가, 여러분이 언젠가 아프리카 사막을 여행할 때 그를 잘 알아볼 수 있기를 바란다. 그리고 혹시 그곳을 지나게 된다면, 제발 서두르지 말고 그 별 아래 잠시 기다려주기를 바란다! 그러다 어떤 아이 하나가 다가와 웃음 지으며, 금빛 머리카락을 휘날리고 묻는 말에 대답을 하지 않는다면, 그가 누구인지 금방 알아차릴 수 있을 것이다. 그때는 꼭 부탁할 게 있다! 나를 이토록 슬퍼하게 두지 말고, 그가 돌아왔다고 얼른 내게 편지해주길…….

보이는 것과 보이지 않는 것

1942년 크리스마스를 앞두고 집필하기 시작해 이듬해 발표한 『어린 왕자(Le Petit Prince)』는 어린이를 위한 동화이자, '한때는 어린이였던' 모든 어른을 위한 동화이기도 하다. 다른 별에서 온 어린 왕자의 순수한 시선으로 모순된 어른들의 세계를 비추는 이 소설은, 제2차 세계대전으로 전쟁의 그늘이 드리웠던 시절 작가가 미국에서 혼란스러운 망명생활을 하던 중 집필한 작품이다.

이 독창적인 우화는 당시 문학계를 깜짝 놀라게 했다. 작가가 직접 수채 물감으로 삽화를 그려 넣은 이 작품은 260여 개의 언어로 번역되고 1억 부 이상 판매되며 현재까지도 세계적으로 가장 많이 번역된 작품이다. 작가가 모두에게 전하고 싶었던 위로와 통찰이 시대와 국경을 넘어 그대로 이어지고 있는 것이다.

비행기 고장으로 외딴 사막에 불시착한 '나'는 다른 별에서 온 '어린 왕자'와의 짧은 만남을 통해, 사막 어딘가에 감춰진 우물을 발견하듯 보이는 것 너머에 보이지 않는 진실을 찾아내고, 피상에서 본질을 혹은 허무에서 의미를 길어 올리는 법을 깨닫게 된다.

밤낮 보살피던 장미꽃을 홀로 두고 자신의 별을 떠나온 어린 왕자는 '이상한' 어른들이 사는 여섯 개의 행성을 지나 지구에 도착했다. 그가 이해할 수 없는 어른의 모습이란 권위를 내세우고 지배하려는 왕, 타인의 인정에 목말라 하는 허영쟁이, 술에 취한 주정뱅이, 계산과 소유에 집착하는 사업가, 시간에 쫓겨 쉬지 못하는 가로등지기, 확인하지도 않은 남의 이야기로 책을 쓰는 지리학자의 모습이다. 그러면서 이들은 늘 '중요한' 일을 하느라 '바쁘다'고 말한다.

하지만 지구에서 만난 여우를 통해 '중요한 것은 눈에 보이지 않는다'는 것과 '길들인 것만이 서로에게 소중한 존재가 되고, 사랑에는 책임이 따른다'는 것을 배우게 된 어린 왕자는 말이 아닌 행동에 담겨 있던 장미꽃의 진심과 장미꽃을 향한 자신의 사랑을 깨닫고 다시 돌아가기로 한다. 몸은 껍데기에 불과하다고 말하던 어린 왕자가 떠난 자리에는 모래 언덕과 별 하나만 남아 있다.

앙투안 드 생텍쥐페리(Antoine de Saint Exupery)의 삶은 호기심 가득한 유년의 모습과 흔적도 없이 사라진 마지막 모습까지 어린 왕자와 닮아 있다.

어머니가 들려주는 안데르센 동화와 성경 이야기를 좋아했던 생텍쥐페리는 늘 모험심이 가득한 아이였다고 한다. 비행기가 날아가는 신기한 풍경을 구경하러 다니다가, 열두 살 때 처음 조종사 베드린이 모는 비행기를 타고 앙베리외 공항에서 하늘을 날았다. 1919년 생텍쥐페리는 해군사관학교 입시에 응시했지만 구두시험에서 불합격됐고, 1921년 공군에 소집되어 전투비행단 소속으로 근무했다. 처음에는 정비부대 소속이었지만 개인 교습을 받은 후 조종사 자격증을 땄다.

1926년 첫 단편 「비행사(L'aviateur)」를 발표하여 좋은 평을 얻었지만, 글은 체험에 바탕을 두어야 한다고 여겼던 그는 민간 항공사의 조종사가 되었다. 우편 비행을 하며 겪은 다양한 경험과 성찰은 『남방 우편기(Courrier Sud)』(1929), 『야간 비행(Vol de nuit)』(1931), 『인간의 대지(Terre des hommes)』(1939) 등의 작품으로 이어졌고, 미국에도 번역 출판되어 인기를 얻었다.

항로개발자로 부임한 아르헨티나에서 과테말라 출신 문인 엔리케 고메즈 카리요의 미망인 콘수엘로 순신(Consuelo Suncin)을 만나 운명적인 사랑을 하게 되어 결

혼한 그는 프랑스로 돌아온 뒤에도 비행을 계속하다가 몇 차례 사고를 겪기도 했다.

1939년 제2차 세계대전이 발발하면서 공군 대위로 참전한 그는 정찰비행대에 배속되었다가 다음 해에 휴전으로 전역한다. 프랑스가 나치 독일에 점령되자 미국으로 망명한 그는 모든 정치적 파벌의 프랑스인들을 한 데 묶기 위해 노력했고, 미국의 제2차 세계대전 참가를 촉구하기도 했다. 이 시기에 생텍쥐페리는 두고 온 장미꽃을 그리워한 어린 왕자처럼, 프랑스에 홀로 남겨진 아내 콘수엘로를 그리워했다고 한다.

제2차 세계대전이 끝나가던 1944년 연합군의 정찰비행대에 복귀를 신청한 그는 나이와 부상을 이유로 단 5회 출격을 제한받았다. 이때 마흔넷이었던 생텍쥐페리는 예전의 비행에서 당한 사고로 큰 신체적 고통을 겪고 있었다. 또한 조종사 연령제한 기준보다 아홉 살이나 나이가 더 많았다. 그러나 1944년 7월 31일, 그르노블-안시의 정찰 임무를 띠고 출격한 마지막 비행에서 그는 끝내 돌아오지 못했다.

『어린 왕자』는 시간을 두고 읽을 때마다 새롭게 다가오는 시처럼, 지나쳤던 짧은 문장에 오래 생각이 머물기도 하고 소박한 그림에서 많은 이야기가 읽혀지기도 한다.

제각기 다른 별에서 온 듯한 우리는 마음으로 보는 법을 잊어버리고 때로는 보이는 것과 들리는 말들로 서로 오해하며 살아간다. 누군가에게 마음과 시간을 들이는 일에 인색해진 우리가 서로에게 단 하나뿐인 여우가 되고 돌아가야 할 장미꽃이 되려면, 서로를 오래 기다려주는 인내와 한 뼘씩 다가가는 수고가 필요하다. 때로는 그로 인해 울게 될지라도. 그것만이 메마른 사막에서 달콤한 물을 길어 올리는 길인지도 모른다.

| 작가 연보 |

1900 6월 29일, 프랑스 리옹 시에서 태어나다.

1912 여름방학을 알베리외에서 보내며, 조종사 베드린이 모는 비행기를 타고 앙베리외 비행장에서 생애 처음으로 하늘을 나는 경험을 하다.

1917 남동생 프랑스아 사망. 해군사관학교에 들어가기 위해 파리에서 나와 보쉬에 고등학교와 생 루이 고등학교에서 수학하다.

1919 해군사관학교 입시에 응시했지만 구두시험에서 탈락하고, 이듬해 10월 파리 미술학교 건축학과에 청강생으로 입학하여 6개월간 수학하다.

1921 공군에 소집되어 전투비행단 제2연대 소속으로 스트라스부르에서 군 복무를 시작하다. 처음에는 정비

부대 소속이었으나 로베르 아에비에게 개인 교습으로 비행기 조종법을 배우다.

1922 사관생도 자격으로 카사블랑카에 배속되어 2월까지 체류하다. 전투중대 중위로 파리의 주 공항인 부르제에서 공군 2년차 군 복무를 마치다. 12월 민간인 조종사 자격증을 받다.

1924 오토모빌 소레 공장의 지방 담당 트럭 외판원으로 일하다. 이때 발레리, 지로두, 아인슈타인 등의 작품을 탐독하다.

1926 아드리엔 모니에가 발간하는 『르 나비르 다르장』 지에 짧은 단편 「비행사(L'aviateur)」를 발표하다. 11월 라테코에르 항공사에 취업하다.

1927 프랑스의 툴루즈와 서아프리카 세네갈 다카르 항로 우편기를 조종하고, 다카르 항로상의 아프리카 기항지인 모로코 남부 쥐비 곶 항공기지 착륙장 지점장으로 18개월 간 일하기도 하다. 이곳에서 『남방 우편기(Courrier Sud)』를 집필하다.

1928 프랑스로 돌아와 소설 『남방 우편기』를 발표하며 갈리마르 출판사와 전속 계약하다. 브레스트에서 해군 항공 고등교육을 받고 디플롬을 획득하다.

1929 아에로포스탈 아르헨티나 사의 영업부장으로 근무하다.

1931 4월 과테말라 출신 문인 엔리케 고메즈 카리요의 미망인 콘수엘로 순신과 결혼하다. 이 해 『야간 비행(Vol de Nuit)』이 출간되고 페미나 상을 수상하다.

1934 새로 창설된 에어 프랑스 사에 입사하여 사이공에서 활약하다.

1935 파리-사이공 비행 기록을 세우기 위해 이집트로 출발했지만, 12월 30일 카이로에서 200킬로미터 떨어진 지점, 리비아 사막에 불시착해 5일간 걸어가다가 극적으로 구조되다.

1938 뉴욕에서 이륙해 비행하다가 과테말라에서 추락하여 심각한 부상을 입다.

1939 『인간의 대지(Terre des hommes)』를 출간하다. 같은 해 6월 미국에서 『바람과 모래와 별(Wind, Sand and Stars)』이라는 제목으로 번역 출간되어 '이달의 책'으로 선정되고, 아카데미 프랑세즈의 소설 부문 대상을 수상하는 등 작가로서 최전성기를 맞다. 제2차 세계대전이 발발하다.

1940 『성채(Citadelle)』 집필을 시작하다. 12월, 미국 망명을 위해 뉴욕으로 출발하다.

1942 『전시 조종사(Pilote de Guerre)』의 영문판이 출간되다. 같은 해 프랑스에서도 이 책이 출간되나 점령 독일군 당국에 의해 1943년에 금서로 지정되다.

1943 4월 『어린 왕자(Le Petit Prince)』가 출간되다. 5월 알제에 도착하여 훈련 실습을 받은 뒤 7월 튀니스 부근의 라 마르사 기지에서 미 제7군에 소속되다. 착륙이 미숙하다고 판단되어 연령 초과를 이유로 미국 사령관에게 소환당하다. 알제의 조그만 방에서 기거하며 미완의 대작 『성채』 수정 작업을 하다.

1944 31편대 대장인 샤생 대령의 개입으로 사르데뉴 주둔 부대에 배속, 비행 훈련 후 단 5회만 비행한다는 조건으로 알제의 2-33 비행중대에 복귀하다. 7월 31일 오전 8시 30분, 이곳에서 자신의 마지막 정찰 임무를 위해 이륙했으나 복귀 예정 시간인 13시 30분까지 기지로 귀환하지 않다. 남은 연료는 한 시간 분. 바스티아 북쪽 100킬로 지점인 코르시카 상공에서 적기에 피격되었을 것으로 추정되다.

옮긴이 임영신

경북대학교 불어불문학과 졸업 후 서울여자대학교 대학원 영문학과 번역학을 수료했다. 현재 번역 에이전시 엔터스코리아에서 출판 기획 및 불어 전문 번역가로 활동하고 있다. 주요 역서로는 『내가 죽음을 선택하는 시간』 『심플하게 산다 2』 『시간 여행자의 유럽사』 『시간 여행자의 아메리카사』 『도미니크 로로의 심플한 정리법』 등이 있다.

어린 왕자

초판 1쇄 발행 2018년 3월 20일
2판 2쇄 발행 2024년 5월 1일

지은이 앙투안 드 생텍쥐페리
옮긴이 임영신
발행인 조상현
마케팅 조정빈
편집인 정지현
디자인 Design IF
펴낸곳 더디퍼런스

등록번호 제2018-000177호
주소 경기도 고양시 덕양구 큰골길 33-170
문의 02-712-7927
팩스 02-6974-1237
이메일 thedibooks@naver.com
홈페이지 www.thedifference.co.kr

ISBN 979-11-6125-358-9 03800

독자 여러분의 소중한 원고를 기다리고 있으니 많은 투고 바랍니다.

파본이나 잘못 만들어진 책은 구입하신 서점에서 바꾸어 드립니다.
책값은 뒤표지에 있습니다.